追っかけ異世界で魔法学校に行った件
～恋と陰謀、スパダリ彼氏は危機一髪～

深月ハルカ

illustration: 石田恵美

追っかけ異世界で魔法学校に行った件

～恋と陰謀、スパダリ彼氏は危機一髪～

1. 前略　望月《モチヅキ》探偵事務所より

観光客でにぎわう横浜《よこはま》・ベイエリア。赤レンガ倉庫まで徒歩五分という万国橋《ばんこくばし》のたもとに、「望月探偵事務所」がある。

古びた三階建ての昭和《しょうわ》レトロ風ビルで、格子《こうし》の嵌《は》まった窓が二つ。鉄製の扉を開けるとワンフロア二十畳程度のオフィスだ。リノベーションして、ワックスで艶光りする板床に赤いチェック柄のカバーを掛けたソファ、ローテーブルにミニキッチン、簡易式の机と椅子が一つ置いてある。あとは二階に上がる剝《む》き出しの螺旋《らせん》階段だ。

従業員は山之口夜《やまのぐちヨル》と由上君良《よしがみきみら》、他二名。由上はシャツの上に紺ストライプのベストをびしっと着ていて、揃《そろ》いのジャケットに袖を通しているところだった。ヨルはその姿を見て、相変わらず惚《ほ》れ惚《ぼ》れするほどサマになっている……と感心する。眺めすぎて、由上に魅惑的な眼《め》をちらりと向けられてしまった。

「？」

「ううん」

慌てて誤魔化《ごまか》したけれど、やっぱり身支度だけでも絵になる様子をチラ見してしまうのは止められない。

ジャケットは、その下に装着しているホルダーを見せないようにするために着る。もちろん、本物の〝銃〟ではない。でも咄嗟《とっさ》に相手の反撃力を失くす程度の電気を発する弾《たま》が発射できる。民間警護会社が増えるに従って認可されるようになった準銃器類の一つだ。

ちょっと光に透ける黒鋼色《くろがね》の髪、伊達《だて》眼鏡の奥の鋭い瞳。整った鼻梁《びりょう》と肉感的な唇。自分も一応ハーフだが、由上と違ってロシア系なので髪はプラチナ系だし、眼も赤というか赤紫というか、まあ、あまり逞《たくま》しい感じではない。でも由上はそこらの俳優顔負けのイケメンで、しかも自分たちは付き合っている。

――カレカノ？　……いや、カレカレってやつ？

脳内に言葉が浮かんだだけでもにやけてしまう。自分のポジションはバディだけではないのだ。それがとてつもなく嬉《うれ》しい。ゆるみそうな口元を引き締めていたら、すっかり仕事モードだった由上が突然笑みを向けてくる。

なんだろう、と思う間もなく顎に長い指がかけられ、チュッと音を立てて頬《ほお》にキスされた。

「ひと仕事したら、帰りはデートにしよう」

――うわあ。

頬が赤らむ。由上は息をするようにイケメンモードを繰り出してくるので、この不意打ちにまず対応できない。

「ん？」

甘く語尾を上げて確かめてくるこの声が大好きだ。これをやられると、ヨルは母猫に首の後ろを咥《くわ》えられた子猫みたいに、抵抗できなくなってしまう。

「う……うん」

「いい子だ、じゃあ仕事頑張れよ」

「う、うんっ」

気を引き締めるために、心の中でぺちっと自分の頬を叩《たた》く。いくら恋人同士でも、仕事上はバディだ。隙やゆるみは禁物。由上の隣にいられるだけのスペックを発揮したい。

改めて気持ちを仕事モードに切り替え、もう一度装備を点検してから、二人で事務所を出て駅に向かった。歩いて五分で地下鉄の入り口があって、交通の便はすこぶるいい。

橋のすぐそばには客室数日本一《にほん》という大きなホテルが建っていて、平日でも続々とチェックアウトした客が出てくる。連泊している人たちはとっくに観光に繰り出している時間だ。

――オレが現実の世界にいなかったのはたった三年なのに、すごい変わったよな。

もう、スーツケースをガラガラ引いている人は半分もいない。大半のスーツケースは自走式で、設定した持ち主をセンサーで認識し、せっせとあとをついてくる。それに伴って持ち手の部分は丸っぽい顔と握手みたいに握れる可愛《かわい》い手に代わって、スーツケースたちは愛嬌《あいきょう》たっぷりに信号を出す。持ち去られそうな時は「助けてくださいご主人様」と叫ぶし、階段や角度がきつすぎる坂では「ついて行けませんご主人様」と音声と瞬《まばた》きで訴えてくる。自分が知っていたロボットといえば、ファミレスの中でパスタやドリアを運ぶロボットや、郵便を届けるロボット、コンビニのバックヤードで品出しする遠隔操作型がせいぜいだったのに、一つ技術が進むと、飛躍的に世界が変わるのだ。

――まあ、スマホの時もそうだったっていうしな。

その前から携帯する電話はあったし、特別新しい技術が使われたわけではないけれど、いわゆるガラケーからスマホへの移行は携帯電話の役割を変えた。無数のアプリをあとからダウンロードできるようにしたことで、携帯端末は「電話」ではなく、動画視聴からゲーム、銀行口座開設まで可能な、そのうえで通話もできる「マルチプラットフォーム」になったのだ。スマホが打倒したのは携帯電話ではなく、パソコンだった。

今もそうなのだと思う。特別革新的な技術が発明されたわけではないだろうけれど、スーツケースがペットロボット方向へ変わったように、VRゴーグルがVRスーツに代わった時、仮想世界はシフトチェンジした。

それまでは、仮想空間でもゲームでも、美しいグラフィックとダイナミックな動きは、作る側も遊ぶ側も負荷が増える一方だったのだ。ドット絵みたいな二頭身キャラから三次元的に進化したり、動きが複雑になったりするほど、プログラムの桁が増える。作る側だけではなく、リアルな画面になればなるほど、使うスマホやパソコン側も膨大な情報を処理しなければならない。

だが、VRスーツはこの問題を解決した。リアルな画像を作り上げるのではなく、普段人間が見ている画像に似た信号をスーツの内側から直接脳に送る。脳の中では、そこまで詳細な情報ではなくても、勝手に「これかな？」と自分の脳内の画像記憶で補完してくれる。極限までリアルさを追及せずとも、脳内では自動的に〝リアル〟が実現するのだ。

脳ほど騙《だま》されやすい臓器はない。肉眼で見たことが脳へ伝わる時の信号も、人工的に送られてくる疑似信号も、脳内で処理される時は同じ〝信号〟だ。まるで、人が眠っている時に見ている夢を、夢だと気づかないで見ているように、人は疑似信号を「現実」だと認識してしまう。

身体感覚も同じだ。VRスーツを着ている時、身体《からだ》はほとんど動かしていない。

まず、脳からの「立て」「起きろ」という命令に従い、本当に脚や腰の筋肉は動いたつもりになって収縮する。スーツの内側にあるセンサーはそれを受け取って仮想空間と同期する。それは身体にとって紛《まぎ》れもなく〝現実〟の動作なのだ。寝ている時に夢の中で走っても、身体はやっぱり布団の中でグースカ眠っている。あれと同じだ。

電子でできた世界は、現実の世界に比べて圧倒的に情報量が足りない。でも、情報を足せば足すほど処理能力が必要になって動作が重くなる。それが仮想世界を「リアル」にできない限界要因だった。この方向で開発し続ける限り、現実世界ほどの情報量は、いつまで経《た》ってもネット上で再現できない。

VRスーツへの方向転換のポイントは、仮想世界の膨大な情報を「与える」のではなく、〝受け取る側の脳〟に情報処理を任せることにした点にある。人間の脳の受け取り方を学習したアプリケーションAIを間に挟んでいるから、ざっくりした画像でも人間側ではそれらしい情報に変換される。結果的に情報量はその人の脳の中で「現実世界」と同じだけ増えるという仕組みだ。

データ側ではなく人間側にシステムを寄せることで、リアルさの追及と膨らんでいくデータ量という難問は解決した。もちろん、それなりにデータ量は必要だが、仮想空間は比較的簡単にビジネスになり始めたのだ。ただし、そのせいで自分と由上はあろうことか仮想空間に〝人柱AI〟として放り込まれたのだが……。

三次元のリアル地図データをもとに作られた『異世界転生《いせかいてんせい》』というアドベンチャー空間で、ヨルは王子に、由上は勇者に転生したことになっていた。それが三年前のことだ。

――あれはすっかり騙されたよなあ。

車に轢《ひ》かれたら転生しちゃったのだ。

転生なんてラノベとかアニメとかの世界で、現実にはあり得ないと思っていたけど、でもあの時自分の身体は本当に赤ん坊そのもので、手触りも空気も現実のものとしか思えなかった。まあ、今にして思えば、自分の脳の中で適当に受け取って処理をしていたのだから、本当に夢を見ていたようなものだ。たいてい、夢は目が醒《さ》めるまで夢だと気づかないほどリアルだ。

その当時、由上とヨルは民間警護会社に在籍していた。由上はそこで上手に過去を隠していたけれど、本当はイタリア・マフィアの血を引いたハーフだったらしい。異母兄弟たちに狙われて、異世界を構築する人柱にされてしまった。一方、こちらはこちらで突然バディを事故死で失い、どうしても納得できなくて、事故の真相を探った。そのせいかどうかわからないが、あとを追うように自分も仮想空間に放り込まれたらしい。もちろん当時はそんな事情など知らないから、本当に転生したのだと信じて、地道に赤ちゃんから人生をやり直した。

頑張ること三年。運よく由上に再会できて、さらにモチという助け手に出会えたからリアルの世界に帰ってこられたけれど、下手をしたら今でも異世界で王子様業をやっていたかもしれない。

でも、幸い救出してもらった時の縁で、今は『異世界探偵』業をやっている。わりと最先端の仕事なのでなかなか面白い。とはいえ、今のところは仮想空間に入っての人捜しというより、仮想空間に入り浸ってしまった本体をネットから引き剝《は》がすという依頼のほうが多かった。わざわざ仮想空間に入らなくても、本人のアドレスから居所が辿《たど》れるレベルの案件だからだ。

これからやる案件もそうだ。仮想空間での〝狩り〟に熱中しすぎて帰ってこない少年を確保しに行く。家出人の捜索なら警察の管轄だと思うけど、今のところ法的にも技術的にも、警察ではネット家出少年を見つけられないので、探偵社に依頼がくる。

最寄《もよ》り駅から横浜駅までは急行で二駅だ。今日の現場は近いので助かる。

「あれか……」

長年拡張工事を続けていて、サグラダ・ファミリア呼ばわりされている広大な横浜駅の西口を出ると、ロータリーをぐるりと取り囲むようにビルが立ち並ぶ。そこを道沿いに左に進み、大通りを離れるとさほど高さのない雑居ビルが目立ってくる。突入する予定のビルは十階建てで、ネットカフェや貸会議室が入っていた。

由上と頷《うなず》き合ってスーツの裾をひらめかせ、連れ立ってエレベーターホールに入る。ここからは、信用度の高さを印象づけることが大事なので、表情をそれっぽく引き締めた。保護者の代理人であることを示して店側に納得してもらい、仮想空間に入り浸っている未成年のＶＲ装置を切り、強制的にログアウトさせるためだ。

自分たちが数年間、『異世界転生』という名の仮想空間で生きていた間、身体はＶＲスーツを装着した状態で、保存液で満たされた専用ケースに入れられていた。この装置はVITAL SUPPORT SYSTEM《バイタルサポートシステム》と呼ばれていて、一般的にはＶＳＳ《ヴィス》と略される。

ＶＳＳは体温や心拍数などを監視する他、スーツの内側にある穿孔《せんこう》型の胃瘻《いろう》や尿道カテーテルなどと繋《つな》がっていて、ＶＲスーツの長期着用をサポートするのだ。自分たちが救出された時は、「こんな大層なものを人柱用に特注で作ったのか」と感心したものだが、ちゃんと量産されていた。

ＶＳＳは、一昔前に流行《はや》った高気圧酸素カプセルや日焼けマシーンみたいに、一部の金持ちやマニアは自宅に設《しつら》えたりする。でも、設置のためにはグランドピアノ以上に床を補強しないといけないし、電力も食う。だから、たいていの場合はその昔ギャルが通い詰めたという日焼けサロンさながらに、こうした雑居ビルの一角に数台設置されていて、時間貸しで利用されることが多かった。

――でも、これはネトゲ廃人養成機だよなあ。

ネット上でパーティを組んで戦うゲームでも、ハマり込んだり、「俺が抜けたらパーティを誰が守る」みたいに気負って戦線から抜けられなくなる、いわゆる〝ネトゲ廃人〟が昔からいた。でも、今度のはもっと重症だ。

量産型ＶＳＳの利用には、クレジットカードかネット決済が要求される。利用時間ごとに自動で決済されるシステムで、カラオケ屋みたいに「延長しますか？」と内線で聞いてくれるわけではない。黙々と口座から引き落とされ続け、残金があるうちはいくらでも仮想の世界に浸っていられる。

利用申し込みもネットからだから、次に使いたい人は申請して空きを待つ。長時間仮想世界にいたいユーザーは多く、ちょっと人気が廃れ気味のカラオケ店やネットカフェは次々と「ＶＳＳベース」に鞍替《くらが》えしていた。それでも順番待ちが解消されなくて、待ちきれない客や、金に余裕のある層は続々と「マイＶＳＳ」を自宅に備えつけている。

もちろん、最初から利用時間を制限して、時間がきたら自動的にログアウトさせるコースや、日数の上限を設定する店も少なくないが、二十四時間、黙っていてもカードで自動決済される以上、店だって無制限の延長は大歓迎だ。個人情報を盾に、家出人の捜索にはなかなか応じてくれない。

徐々に社会問題になりつつあるのだが、国としてはまだ法整備できていない。と、いうよりそれ以外のことに対応するのが先で、手が回らないというほうが正しい。

ＶＲスーツで完全没入型のゲームが隆盛すると同時に、ネット上のプロスポーツ競技、いわゆる「ｅスポーツ」が加速度的に増えた。それまでも、海外ではプロ選手が高額の賞金を稼ぎ上げていたけれど、仮想空間での対戦と暗号資産が賭《か》け金として使われていることで、日本国内だけではますます規制できなくなってきたのだ。

「どこの国」でもなく、私企業の仮想空間で、高額の賞金を賭けたプロスポーツ大会が開催されている。参加資格に国籍はない。どこからでも、何歳でも、ログインできさえすればエントリー可能なのだ。賞金を目当てに、なけなしの金をはたいてレンタルＶＲスーツを着用し、旧カラオケ屋のＶＳＳに入る若者も少なくない。

国内だけで法規制しても意味がない、いやむしろ海外の動向に乗り遅れるべきではない、だが青少年の健全な育成に、賭けごとのデジタルスポーツというのはいかがなものか……スマホゲームすらしたことのない高齢のお偉いさんたちがそんな議論を繰り返しているが、そうやって手をこまねいている間に、仮想空間にのめり込む若者は増え、心配した親たちが探偵業者に捜索を依頼してくる。

困ったものだと思うが、仕事が増える探偵社としては、商売繁盛でけっこうなことだ。

由上と一緒にエレベーターを降り、弁護士さながらの落ち着いた足取りで受付カウンターに向かう。

由上が、警察手帳のようにジャケットの内ポケットから自社のＩＤを出して翳《かざ》す。私設の探偵社の身分証なんていくらでも作れるのだが、外資系企業の経営者みたいな顔でスッと出すと、アルバイトの店員はろくに確かめもせず、呑《の》まれたような顔になった。

「望月探偵事務所の由上と申します。こちらのVSSを使用中の小西佑馬《こにしゆうま》君の保護者から、ログアウト代行を請け負って伺いました」

「……は、はあ」

偽名で会員カードを作った可能性もあるので、使っているアドレスも提示する。こうしたケースはないわけでもないことなので、プロバイダからの書類や保護者の委任状など、ひと通りの書面のコピーを渡すと、相手はちゃんと対応してくれた。

本人の同意なく強制ログアウトができる条件は、いくつかある。バイタルサインに異常が出て生命が危ぶまれる場合と、利用料金の引き落としにエラーが出た時だ。由上は丁寧に説明した。

「ご同意いただけなかった場合、これからクレジットカード会社に連絡し、カードの利用を止めます」

使われているのは家族カードだった。カードを使えなくしてから本人がログアウトするまでに発生する料金について、保護者は支払わないという明確な意思を伝えると、店員は電話で経営者に指示を仰いで、強制ログアウトに同意してくれた。

由上は力強い笑みを見せて会釈《えしゃく》する。

「ご協力ありがとうございます。助かります」

「え、いえ……あの、えっと、その人が使っているのは5番機です」

「ありがとうございます」

ヨルもびしっと会釈して、指定されたVSS機があるほうに向かう。アルバイト君も、カウンターを出て一緒にきてくれた。

元はカラオケ店だったと思われる店の内装は、ほぼ居抜きのまま改装せずに使っている。「5」とガラス面に番号が張られた個室のドアを開けると、ソファやテーブルの代わりに、部屋の半分くらいを円筒型のガラスケースが占めていた。自分たちが過去三年以上入っていたやつと同じだ。

照明をつけない小部屋の中で、VSSの中を照らす青いLEDライトの灯《あか》りが、元・カラオケ部屋の壁に反射していた。

円筒の中心に、ダイビングスーツみたいなフルフェイスのVRスーツを着た少年が浮いている。スーツの背中側からは数本のチューブが出ていて、VSSケース本体に接続されていた。これは電気信号が行き交うケーブルや酸素供給チューブ、栄養を送り込むもの、排泄物を処理するチューブなどだ。他人と共用したくないとかレンタルは嫌とかいう理由以外に、ちょっと近未来っぽいこのビジュアルもあって、VSSは「若者が今、一番欲しい超高級家電」№1だ。自分で買うとなると一台八百万ほどだが、まあ高級車や高級時計程度の値段なので、手が届かないとも言いきれないあたりが、余計に憧れを煽《あお》るらしい。

「じゃ、あの、非常スイッチはそちらの責任で押していただけますか」

「はい」

VSSについている非常ボタンを押すと、本人の意志に関係なく、ケースの中から人を取り出せるようになっている。本人不同意のログアウトの時は、このボタンを使うのだ。店員は客と揉《も》めたくないので立ち会うだけで、ログアウトの強制代執行はあくまでも探偵社側がやる。由上は非常ボタンを押す前に、手のひらサイズの端末をジャケットのポケットから取り出して本体に繋ぐと、なめらかな手つきで操作した。

二つ折りの黒い端末は開くとモニター画面になり、中空にキーボードが投影される。ちょうどVSSの操作部分が少し出っ張っていたので、由上はその上に端末を置いた。

VSSの中に入っている少年・小西君のIDは突き止めてある。アクセスが完了すると、由上がこちらを向いて頷いた。ヨルは操作盤のパネルから、ネットとの接続を切る非常ボタンを押す。これで、小西君は入り込んでいた仮想世界から切り離され、由上の端末とだけ繋がった状態になるのだ。

――オレたちの時も、こんな風にしてもらったよな。

VSSは特殊な溶液で満たされた水槽みたいなものだ。自分の意志でここから出る時はいいだろうけれど、いきなり保存液を抜かれると浮力がなくなって、本人がびっくりしてしまう。由上は文字だけで、自分たちが親御さんの依頼で小西君を捜していたこと、場所を突き止めて強制的にネットの接続を切ったこと、これからVSSの保存液を抜くことを説明した。こちらがキーボードで打ったものは、小西君の視界では文字として空間に浮かんでいるはずだ。

「よし、伝わったようだ。排水してくれ」

頷いて排水ボタンを押す。合成声で「排水ヲ開始シマス、着地ノ姿勢ヲ取ッテクダサイ」とアナウンスが響いた。端末をしまった由上とヨルは、VSSケースを開けると同時に、暴れ出すかもしれない保護対象者を前に、突入体勢を取る。

中にいる少年に説明が伝わったからといって、相手が「承知した」というわけではない。由上の様子からして、相手の反応はすこぶる悪かったのだろう。いきなりゲームから離脱させられた相手が激高して、スーツも脱がずに暴れることもある。こちらに被害は出ないのだが、胃まで達している穿孔チューブの先が動いたりして、抜管が間に合わないと保護対象者が怪我《けが》をするおそれがある。排水完了と同時にケースを開き、ヨルと由上はすぐさま対象者の手足を押さえて動きを封じ、言葉かけをしながら、必要な措置をした。

「暴れないでくださいね、危ないから」

先に身体に繋がっているいくつかの医療用チューブを抜いてからエアマウスを外し、ゴーグルを取ってやると、小西少年は涙を流しながら叫んだ。

「なにしやがんだてめえ！　あと少しだったのにぃ！！！！！」

彼が参加していたのはシューティング・サバイバルゲームだ。最後まで生き残り、ミッションとなる目的地を占拠したほうが勝つ。仲間がいるタイプのゲームだ。

「保護者の方が心配していますよ。今、新横浜《しんよこはま》まできていただいていますから」

「ふざけんな！　俺がいなかったら勝てないんだよ！　お前ら、仲間が死んだら責任取れんのか！」

「このあと、戦闘再開まで一時間あります。ひとり欠けた状態での作戦を練り直すでしょう」

絶対そう言われると思ったから、予《あらかじ》めゲーム内の状況を調べ、戦闘中ではなく休息のタイミングを狙って店に突入したのだ。でも、当然だが小西少年は納得しない。

「そういう問題じゃないんだよ！　仲間を裏切ったも同然だ！　どう責任取ってくれんだよ！　仲間

に会わせる顔がないじゃんか！」

　ＶＲスーツを脱がされ、服を着せられている間も少年はわめき続けた。まあ、怒るのは無理もないと思うが、親のクレジットカードを勝手に使い、学校にも行かず、二か月も仮想空間に入り浸っておいて、「仲間が」と言っても説得力はない。仲間を裏切らせた、親を許せないとぼろぼろ泣きながら言う少年に、店のタオルで涙を拭ってやりながら声をかける。

「強制ログアウトが嫌なら、自分の稼ぎで、誰にも邪魔されないだけの軍資金を用意してからやるしかない」

「正論ぶるなよ！　クソが」

「正論を論破できないなら、素直に親元にしょっ引かれるんだな」

　由上は笑いながら凄《すご》む。由上の不敵な笑みは、さすがイタリア・マフィアの血を引いているだけあって、妙な凄みがあるのだ。理屈にならない文句を叫んでいた少年も、ちょっとたじろいで黙る。その間にヨルは少年が逃げられないようしっかり手首を摑《つか》んで、丁寧にＶＳＳから床に下りさせた。

「歩けるかな？」

「ふざけんな、手ぇ離せよ！」

　さすが、若い身体は違う。二か月ＶＳＳに入っていても、ちゃんと歩けていた。

　──オレなんて、出された直後は立てなかったのになあ。

　三年間と二か月では衰え方が違うかもしれないが、それでも歩けることに感心した。場合によってはストレッチャーを出してもらうこともあるのだ。そのために、望月探偵事務所のもうひとりのスタッフ、小里望《こざとのぞみ》は病院と連携し、カルテも準備して遠隔でスタンバイしている。

振り払おうとする手首をしっかりと掴み、店員に礼を言って支払いとサインを済ませ、店を出た。

救急車を呼ぶほどではない場合の搬送用タクシーが、小里の手配でちゃんとビルの前に待機している。新幹線で神戸《こうべ》から上京してきた保護対象者の祖父母は、望月探偵事務所の事務方を一手に引き受けてくれているスタッフ・井田《いだ》がアテンドして病院まで連れてきてくれる予定だ。

小西君の両親は離婚していて、親権は東欧《とうおう》に単身赴任している父親が持っている。そんな事情のせいか、本人は千葉《ちば》にある全寮制の高校に在籍していた。依頼は実質的な保護者となっている祖父母からだ。祖父母からすれば、土地勘のない首都圏で、学校から出奔したままどこに隠れたかもわからない孫を捜すのは難しかっただろう。仮想空間専門の探偵社を見つけて依頼してきただけでも上出来だと思う。

病院で井田たちと合流し、医師にひと通り健康面に問題がないかを診てもらい、保護者に引き渡した。涙を流して「無事でよかった」と抱きしめる祖父母にも不貞腐れているから、また同じことをやりそうだなと思っていたら、上品な白髪の祖母は孫を叱《しか》るでもなくなだめている。

「大学に受かったら、お祝いにVSSを買ってあげようって、おじいちゃまとも相談してたのよ」

「そうだぞ、あと半年の我慢だ。頑張れるだろ？　佑馬」

――すげーな。合格祝いで八百万か……。

驚きはおくびにも出さず澄ました顔で聞いていたけれど、小西少年はちっともありがたがる様子がない。

「半年の間に、どんだけ差がつくと思ってんだよ」

今じゃなきゃ間に合わない。何を悠長なことを言ってるんだと彼は憤慨する。

「どうせ買ってくれるなら、今買ってくれたっていいじゃんか」

「何を言っとるんだ、受験の大事な時期に」

「買ってくれたら、決まった時間だけ使うよ。そのほうがちゃんと勉強にも身が入る」

半年後ではトーナメントに間に合わない。仲間に見捨てられて自分には居場所がなくなる、と少年は必死に言う。大人から見ると、受験は人生でも大事な時期だと思うのだが、子どもにとっては目の前にある「今」が大事なのであって、一緒に戦う仲間といられるなら、大学などどうでもいいと思うのだろう。人のよさそうな祖父母に、「必ずログイン時間を守るから」と個人型ＶＳＳの購入をねだっていた。

ごく私的な感想を言わせてもらえるなら、「甘ったれんじゃねえ」と説教したいところだけれど、それは今回の依頼とは関係ないので黙っている。請け負った業務はログアウトと保護者への引き渡しだ。由上が頃合いを見て言い合う孫と祖父母の間に入り、業務完了を告げた。

「それでは、我々はこれで失礼します」

「はい。本当にありがとうございました」

白髪の女性が深々と頭を下げ、祖父は孫の頭を無理やり手で押して、儀礼的に頭を下げさせた。きっと、あの孫はこのあと「買ってくれなきゃまた家出してやる」とか脅してゴネ勝ちするんだろうなと心の中でため息をつきながら辞去する。

病院を出ると、すっかり夕方だ。ぽっこりしたお腹《なか》が狸《たぬき》っぽい井田が、つぶらな目を細めて笑う。

「いや～、半年後にまた依頼がきそうな案件だったね」

「そうだな」

経済的に裕福な家の子だから、懲りずに同じことをしそうだ。祖父母もそのたびに同じところに依頼して、うっかりしたらお馴染《なじ》みさんになりかねない。

「その時はまた新横浜に迎えに行ってくれ」

由上が笑う。井田の癒《いや》し系な見た目は、保護者受けがいいのだ。安心感があって親しみやすいので、今回のように遠方からくる依頼人の案内を引き受けてもらうことが多い。

「それより、小里さんにまだ仕事してもらってて大丈夫なの？」

リモートで働いてもらっているが、もう産休に入る時期なのだ。夫である井田はにこにこと笑って頭を掻《か》く。

「そうなんだよね。もう俺がやるからって言ってるんだけど、どうも暇を持て余してるらしくて」

産気づくまで、パソコンに触っていたいと言い張っているらしい。

「小里さんらしいな」

「だが、産み月なんだから、本当に仕事はもうさせるなよ」

「うん。説得してみる」

井田は無理そうだけどと笑う。探偵社としては産休中も給料を保証しているし、そもそも法的に働いてはいけないのだが、敏腕警護者として第一線で仕事をしていた小里を休ませるのは、夫でも大変そうだ。

四人とも、同じ民間警護会社の同僚だった。由上が不審な事故死扱いになり、その真実を探る時に協力してもらった。その後自分も仮想空間に入れられてしまったのだが、脱出の際、モチを通じて井田と小里が現実世界で身体のほうを救出してくれた。ちなみにモチというのは「望月探偵事務所」の社長のことだ。モチズキの〝モチ〟は、社長のアバターネームから取っている。

助けられた時に数年ぶりに再会したら、小里と井田は結婚していた。しかも、小里はその時もうお腹に赤ちゃんがいて、自分たちは安静第一の妊婦さんに助けてもらってしまったのだ。危険なことをさせて申し訳なかったが、そんな小里ももうすぐお母さんになる。

「赤ちゃん、楽しみだよね」

小里の希望で、赤ん坊の性別は医者から敢《あ》えて教えてもらっていない。

「出産祝い、そろそろ何が欲しいか決めてくれよ」

「うん」

三人で帰りに駅ビルに寄り、赤ちゃん用品以外に小里にも「ママ祝い」を贈ろうと、あれこれ眺めてから帰った。

地下鉄に乗って事務所の最寄り駅を通過し、ちょっと先にある元町《もとまち》中華街《ちゅうかがい》駅で降りる。にぎわう中華街で食事をし、由上は約束の〝デート〟をしてくれた。

中華街の四方にある門の一つ、朝陽門《ちょうようもん》を出て山下《やました》公園に向かう。五分も歩くと海が臨めて、停泊している氷川丸《ひかわまる》がライトアップされているところだ。ベンチは海を眺められるように並んでいて、ところどころにカップルが座っていた。

――やっぱり、ここだと目立っちゃうよな……。

ここで由上と並んで座るのは、ちょっと意識してしまう。行儀よく座っていればいいのだろうけれど、でも、〝デート〟なのだから、恋人たちのように体温を感じられるくらい寄り添いたい。なるべくひと気のないところに行きたかった。外で「カレカレ」らしくしてみたい……つい願望が頭をもたげて、顔を赤くしながら誘ってしまう。

「大桟橋《おおさんばし》に行かない？」

「ああ」

海とベンチを横目に通り過ぎ、大桟橋へと向かう。ちゃぷんと波音を立てる波打ち際から、少し潮の香りがしていい気分だ。

大桟橋は、大型客船などが停泊する場所で、建物はウッドデッキ風のスロープが屋上広場まで続いている。ここから眺めるベイサイドの夜景はとても綺麗《きれい》だ。

虹色にぐるりと光を放射する大観覧車「コスモクロック」が、きらびやかに点滅し、その後ろにクイーンズスクエアや帆の形をしたグランドインターコンチネンタルが濃紺の空に浮かび上がる。横浜は日本でも有数の商業港なのに、同時に水際まで商業ビル群が建ち並んでいる観光都市でもあるのだ。

ウッドデッキに由上と並んで座った。さすがに観光客ゼロは無理だったが、広々としている分、こちらのほうが人との間に距離がある。

「きれーだね」

「そうだな」

暗さに紛れて、ちょっと右にいる由上に身体を寄せるように傾けると、由上は本当にナチュラルに腰に手を回して引き寄せてくれた。

――わお………。

望み通りの展開で飛び上がりそうなほど嬉しいのだが、やっぱりひと目を気にしてしまう。自分の場合、同性か異性かという問題より、いわゆる「デート」経験自体が少ないので、なんというか、「カップルでいちゃついてます」みたいな状態を他人に見られることに緊張してしまうのだ。

由上の手が温かくて、あとほんの少し身体を倒してしまえば体重を預けられた。抗《あらが》いがたい誘惑とひと目を気にする羞恥心とで、心が揺れる。二秒ほど迷っていたら、引き寄せる手の力が強まると同時に、耳元に由上の唇が近づいた。

「お前が思うほど、他人はお前のことなんか見てない」

「う……うん」

ちらちら見られて……特に女子に見られている気はするのだが、思わず頷いてしまう。でも思い切ってその腕に寄りかかったら、もう気持ちよくて人の視線なんかどうでもよくなってしまった。

「まあ、お前は見た目がいいから、ひと目は惹《ひ》くけどな」

「……なんだよ……今さら」

ずるい、と小さく文句を言ってみたけど、もう離れられない。せめて顔を隠したくて鼻づらを由上のスーツの胸元にすりつけてしまったら、蕩《とろ》けそうなほど気持ちよい抱擁に守られてしまった。並んで座ったまま、上半身だけ向き合って由上の腕の中に収まってしまう。

「気にするな」

「……うん」

時々、遠くできゃあきゃあ言っている声は確かにする。萌えとか言われているのもしっかり聞こえている。でもいい。幸せすぎて、ちょっと燃料をおすそ分けするぐらいはサービスしてもいい気分だ。由上にハグられるのは、なんでこんなに気持ちいいんだろう。身も心もクタクタにやわらかくなってしまう。

「……ヤバいわ。もうオレ、幸せすぎてコワイ」

「なんだ、またネガティブモードか？」

死亡フラグなんて言い出すなよと笑われる。自分の悪い癖で、幸せすぎると何か悪いことが起こるのではないかと心配になってしまうのだ。

でも大丈夫だ。どんな不幸もパワフルに跳ね返す由上の腕の中にいる。由上なら、きっとエンドレスハッピーな結末に、無理やりでも運命を動かしてしまうだろう。だから目下、最大のネガティブなんてこんなものだ。

「このまま接着剤みたいに引っついたままになりそう」

気分はコアラだ。ずっとしがみついていたい……そう言ったら由上が軽やかに声を上げて笑った。

「いいぞ、じゃあお姫様抱っこで帰るか？」

「わ、わあ。いいよ、や……やめろって」

由上は本当にやりかねない。膝裏に手を入れて、持ち上げられそうになって慌てて身体を離す。遠くで見ていた女子ふたりに注目されてしまったが、そりゃそうだなと思う。スーツをビシッと着た男ふたりがいちゃついているのだ、目立つだろう。

「か、帰ろっか」

「ああ」

由上はまだからかってきて、ちょいちょい足を掬《すく》って抱き上げようとする。ヨルは逃げながらも、実はちょっと……かなり嬉しくて、結局ギャラリーの女子たちを喜ばせる展開になりながら退散した。

「やめろって、バカ」

「お前が先に誘ってきたんだろ」

「……さ、誘って、なんか」

うっかり狼狽《うろた》えた隙に捕まえられ、肩ごと抱き竦《すく》められる。そのまま顔が傾いてきて、キスするんだなと思う間もなく唇を塞がれた。

「……ん……」

甘やかすように唇を甘嚙《が》みされ、舌先が歯列をなぞって口を開くように促される。やわらかくて官能的な誘導に、されるがまま舌の侵入を受け入れてしまう。

——ああ……やばい……勃《た》っちゃうよ。

「ん……ふ……っ……」

夜風が海面から吹いてくる。夏が終わった海からの風はかなりひんやりしていて、それがなおさら抱きしめてくれる腕の体温を感じさせる。口腔《こうこう》を掻き混ぜる舌が、ぞわぞわと快感を腰まで届かせ、腹の奥が蕩けそうで身体が熱い。

「……は……よ、由上……やばい」

「ん？」

密着した腰でわかっているくせに、由上はとぼけた声で甘く問う。ようやく唇が離れただけで、見上げるとすぐそばに由上の顔がある。魅惑的な瞳は夜景の光を反射してさらに綺麗だ。

「……ほんとに、歩けなくなりそうだ」

「だから抱いて行くって言っただろ？」

甘く低い声が、心を蕩かせていく。抵抗する声も、思わず甘ったるく掠《かす》れた。

「勘弁して……そんな刑にされたら、もうこのあたりにこれなくなっちゃうよ」

由上は唇の端で笑って、からかうのをやめてくれる。それこそワンメーターにもならないのだが、通りかかったタクシーを停《と》めて乗せてくれた。

ひとりの家じゃなくて、ふたりで一緒に同じところへ帰る……それも、すごく幸せだ。


事務所兼住居の古びた扉を開けると、灯りをつけなくても窓から入る観光地の光でうっすら影ができている。探偵事務所は営業時間外なのでそのままにして、ふたりとも螺旋の鉄階段を上った。途中の二階には仕事用ＶＳＳ二機とバスルーム、三階に寝室がある。

「先に風呂使えよ」

ジャケットを脱いでハンガーに掛けながら由上が言う。ヨルはつい声が上擦《うわず》ってしまった。

「う……うん」

ちらりと見ると由上と目が合う。慌てて自分もジャケットを脱いで、バスローブとタオルを手に階下に向かった。平静でいたいのだが、風呂というキーワード一つで、まだ中学生みたいな妄想を開始してしまう。

——今日は、するのかな………。

本当に、世の男女、いや男男でも女女でもいいのだが、彼らはこういう言語外のコミュニケーションをどうやってとっているのだろう。

相手がその気になっているのかどうか、測る方法はないのだろうか。自分ばかりが暴走している気がして、由上にしつこい奴《やつ》だと思われたらどうしようとか、本当に中学生の恋愛レベルで悩んでいる。

——そう言いながら、準備はしちゃうんだけどさ……。

シャワーを浴びながら、身体のあちこちを念入りに洗う。期待満々すぎてドン引きされたらどうしようと思いながら、でも本音ではかなり期待している。

「……」

——由上は、空気読むのがうまいからなあ。

自分がそう期待している時、由上は必ずうまくリードして抱き合う態勢にもっていってくれる。だから本当に由上がしたくてそうしているのか、こちらの希望を叶《かな》えてくれているのかわからない。

自分的には由上のペースに合わせていきたいと思っているのだが、たぶん、求めているという感情はダダ漏れでバレていると思う。実際、抑えなければと思いつつ、気がつくと由上のそばに行ってスリスリと身体を寄せている。

――この癖、マズいよな。

人にはパーソナルスペースというものがある。由上だって、ひとりになりたい時とか人肌恋しい時とか、波はあるだろう。できればその辺の感情の機微を読み取りたいのだが、今のところできていない。それればかりか、日に日に募る恋心を持て余して、きゅんきゅんとまとわりついている。

――仕事前でも見惚《みと》れちゃうし……。

公私混同は厳禁だと自分に言い聞かせている。それに、できれば由上みたいにクールでいたいし、スタイリッシュなカップルでありたい。あの落ち着きぶりを見ていると、自分だけが初カレに舞い上がっているみたいで、自分で自分の行動が恥ずかしいのだ。

シャワーを止め、雑念を振り切るように頭を振ってバスタオルで髪を拭く。ぺちんと頬を両手で挟んで、自分を諭した。

――あーもうホントに、オトナにならなきゃ。

由上の真似《まね》をして、クールなふりをして寝室に戻る。

「ありがとね～。風呂、空いたよ」

「ああ」

由上が入れ違いに出て行く。せっかく整えた感情をぶらさないように、敢えて視線は外した。

「ふう……」

ブラインドを上げたままの窓ガラスに、室内の灯りで自分の姿が映り込む。

——……オレ、物欲しそうな顔してないかな。

由上より少しだけ細面で、細い白銀の髪がぺたりと首筋に張りついている。寒いほうの国にありがちな、由上とはベクトルの違うハーフ顔だ。でも、表情チェックをしているうちに、やっぱり意識は由上のほうへ引きずられてしまう。

——由上の歴代の相手って、どんな人なんだろ……。

カレだけでなく彼女もいただろう。顔で選んだわけじゃないだろうから、そこを気にしても仕方がないとは思うが、振り払ったはずのネガティブ思考が不安を駆り立てる。

由上は自分のどこを好きになってくれたのだろう。

——バディとしては、伸びしろを見込んでくれたんだよな。

ポテンシャルを考慮して選んだと言われた。その実力差がどこまで縮まったかはわからないけれど、探偵業に鞍替えした今では、そこまで実力差が仕事に響くことはなさそうだ。

——でも、恋人としては……てか、そもそもオレくらいだとまだ「恋人」なんて名称すらおこがましいんじゃないか？

「う……」

ベッドの端に腰かけて、思わず頭を抱える。自分の「恋人同士」のイメージはやっぱりイケメンと可愛い女の子だ。ＢＬ漫画や小説の表紙も思い浮かべてみたが、余計自信がなくなってしまう。

——あれだよな、男バージョンでも、やっぱり可愛い感じの男の子が多かったような……。

あまりじっくり見ていないのだが、体格からして華奢《きゃしゃ》な感じと逞しいイケメンの組み合わせばかりだった気がする。由上は合格ラインだろうが、自分のポジションは微妙だ。

——あとはエロエロのやつか筋肉ムキムキくらいしか見てないけど、オレ別にエロテクもないし、ムキムキってほどマッスルでもないしな……。

エロ系は才能ない気がする。むしろそういう気配が漂うと、エロいことが好きなくせに気恥ずかしくてわざと話を逸《そ》らしてしまう。本当に、照れずに色気を漂わせる由上のようになりたいと、心の底から願っているのだ。

——ここでも、オレ追いつけてないのかあ。

仕事でも力量差があり、恋人としても未熟だとなると、どこにも魅力がない気がしてしまった。そもそも自分は「恋人」とかいうリア充なポジションに、本当にいられるレベルなのだろうか。

——ああ、マズい。これ、負のループだ。

コンプレックスで自滅するのだけは避けたい。頭を抱えたまま、バスタオルで拭いているふりをしていたら階段を上る音がして、風呂上がりの由上が不思議そうに声をかけてくる。

「何をやってるんだ？」

「……考えごと」

顔を見せないように、俯《うつむ》いて水気を取っているふりをしつこくやりながら誤魔化す。

「あの子……小西君、オンラインゲーム以外にリアルで友だちができたら、ＶＳＳ沼から出られるかなあって」

適当に言うと、由上も同意してくれる。

「シューティングが好きなら、リアルでサバゲーでもやれば楽しめるんじゃないか」

ちょっと近県まで足を向ければ、廃屋ビルや林を利用したサバイバルゲーム場はいくつもある。そこで仲間を見つけられたら、健全に土日だけのプレイを楽しめるかもしれない。

「だよね」

「……」

「そういう趣味が、見つかるといいよね」

「……」

バスローブ姿で、ざっくり手櫛《てぐし》で髪を整えている由上は黙ったままだ。なんだか沈黙が怖くて、適当に投げた話の続きを、また適当に広げてしまった。

「由上の趣味って何？」

射撃やサバイバルは訓練であって、趣味ではない。由上は一拍置いてふいにくるりと向きを変え、ヨルの目の前まできた。

「お前を甘やかすことかな」

え、という言葉が喉元で止まって、顔を上げたきり瞬きができない。

長い指が顎に伸ばされて、そのまま耳を掠めて髪の間に滑り込んでくる。

「……っ……」

返事ができない。由上の目が魅惑的に細められて、自分の頬がカーっと熱を持っていくのがわかる。

「ほら、こうやって……」

クイっと顎ではなく顔全体で上向かされて、もう片方の手が背中に回り、引き上げるように抱き寄せられる。明るい照明の下で顔が近づくと、つい先刻の桟橋でのキスが甦《よみがえ》った。

――うわーっ、うわーっ。

まるで身体を預けろと促すように腰までぐっと引き寄せられて大きな手は後頭部を回り、反対側の耳の裏に指先が届く。

「っつ……ぁ」

耳たぶから首筋まで、悪戯のようになぞられて、ゾクゾクとした刺激が背中を走った。どんどん近づいてくる由上の唇は鼻先にちょんと触れると、頬へキスしながら耳へと移動する。

「甘やかすとお前はトロトロのいい顔になるからな」

「ぁ……っつ……」

口元がゆるんで、あられもない呼吸になってしまう。

「可愛くて仕方がない」

ヒクっと息を詰まらせながら、由上の言葉に悩殺される。

「か、可愛いって……」

聞き慣れない賞賛の言葉に理解が追いつかない。

「ああ、可愛い」

食べちゃいたいというやつだな、と由上は笑いながら本当に耳介《じかい》に歯を当てる。笑う吐息と甘噛みの感触で、ガクガクと勝手に腰が揺れた。

「ほらな。可愛い」

「ぁ……や、あ……ふ」

これの何が〝可愛い〟に該当するのか、自分の考える「可愛い」とかけ離れすぎていてさっぱりわからない。でも、由上にそう言われると、頭がふわふわするほど幸せな気分になった。

由上が気に入っているというなら、ぜひ味わってほしい。耳だの頬だのにキスの雨をもらいながら、力が入らない指で一生懸命由上のバスローブの袖を握った。

「あの……あの……」

「ん？　嫌か？」

ふるふると頭を横に振る。由上のバスローブを脱がせて裸で抱き合いたいのに、そんなサインは伝わらないらしい。唇を上手に避《よ》けながら、明らかに煽ってくるけれど、バスローブは脱がせてくれない。込み上げてくる快感で、自分はもうすでに涙目だ。

「よ……よしがみ……っっ」

「ん？　こういう時は、なんておねだりするか知ってるか？」

——おねだりって……。

なんてバカみたいに気恥ずかしい言葉なんだ。でも、妙にやらしいことを言わされるみたいで、さっきまでの悩みはどこに行ったのかと思うほど興奮している。

じゅくじゅくに濡《ぬ》れ始めた先端が、バスローブの下で苦し気に存在を主張していた。

「……セックス……したい」

「誰と？」

「由上と…ぁ……」

よくできました、と褒められて、バスローブの襟をくつろげられ、待ちわびた素肌の感触に、我を忘れて抱きついてしまった。

「あ、ぁ………」

――由上……。

素肌の感触に脳が沸騰する。身体を絡め合ったら、理屈なんかどうでもよくなってしまって、気づいたら夢中で由上のバスローブを脱がせていた。

――大スキだ。

愛撫《あいぶ》に熱く喘《あえ》ぎながら、いつの間にかセックスに溺《おぼ》れていった。

2．異世界召喚再び

照明を落とした寝室は、窓からの灯りで薄青い。横浜は真夜中を過ぎても、ビル群の灯りが消えない。由上は自分の胴に腕を回して抱きついたまま眠っているヨルの髪を撫《な》でた。

《オレ、重くない？》

何に悩んでいるのかと思ったら、ベタベタ甘えすぎて嫌われないかと心配していたらしい。黙っていればそれなりにクールな顔立ちなのに、半べそをかくような表情で「嫌われたくないから、重かったら言ってくれ」とか言われると、本当に齧《かじ》りつきたいほど可愛いと思ってしまう。

常々、ヨルの思考回路は独特だと思っていたけれど、思春期の少年みたいにグルグル悩んでいるというのは本当に意外だ。

——こんなにスキスキオーラを出してくるとも思ってなかったしな。

人見知りは激しいが、一度心を許すと、全開で信頼してくる。そして、兄弟の多い大家族育ちだからなのか、基本的に人懐こいのだ。

そんなヨルの愛情表現が、重いわけがない。裏も表もなく、我慢している様子すらあからさまで、こんなに素直に寄せられる好意は自分を満たしてくれるばかりだ。むしろ、こちらもなるべく愛情を言葉にしているのに、どうしてヨルはこんなに不安がるのかよくわからない。

——何が足りないんだろうな。

ヨルが愛されていると確信できない何かがあるのだろうか。普段の懐き方とセックスの相性からすると、どこにも問題はなさそうに思えるのだが、ヨルは何をどう説明しても心のどこかに不安を秘めているように見える。

「……」

スキンシップは嫌いじゃない。ヨルがくっついてくると、例えが失礼かもしれないが、犬猫を膝に乗せるようにずっと隣に置いておきたくなる。心地いいし、それも伝えているのになぜヨルは心配するのだろう。

——むしろ、俺の感覚がおかしいのか？

そのせいで、ヨルが不安になるような何かを醸し出しているのかもしれない。

自分も、ヨルと同じように親と縁が薄く、兄弟が多い。ただ、祖母の元で兄弟仲良く育ったらしいヨルと違って、自分は兄弟とも心を許し合える関係ではなかった。だから、普通の人と少し感覚が違うのかもしれない。

異母兄弟たちとは一緒に暮らしたこともないし、直接話したこともない。それどころか、長兄《ちょうけい》からははっきりと命を狙われた。

——異母弟《おとうと》もか。

マフィアのドンだった父が、イタリア留学中の母と出会った時には、すでに二度目の妻がいた。長兄の母親はのちに後妻となった女の親族に殺されていて、跡目が完全に決まるまで、争いは絶えなかった。二度目の妻の子であるマクシミリアンは、一族が率いるグループ企業の中でもＩＴ系の事業に属している。

長兄の方針により、グループは新興し始めた仮想空間ビジネスにいち早く乗り出していて、『異世界転生』という仮想空間を作っていた会社を買収した。その設計の柱の一つとして、生きた人間をＡＩ代わりに組み込むために何人もの人間をＶＳＳに入れた。まだ未完成だった仮想空間を、それらしいビジュアルと世界観に整えるために歩き回らせたのだ。

自分も、その人柱のひとりとして放り込まれた口だ。仕組んだのが兄弟のうちの誰だったのかはわからない。その理由も、復讐としての封じ込めだったのか、どうせなら殺すより世界構築に利用しようということだったのかも不明のままだが、とりあえずは五年ほどネット上の仮想空間で勇者稼業をやらされてしまった。

——まあ、それなりに楽しかったけどな。

ヨルとも、仮想空間に放り込まれたおかげで付き合いだしたわけだし、結果的にあの経験の縁で探偵業に就くことになった。人生とはどう転ぶかわからないものだと思うが、だが一方でそんなに単純に済む話だとも思っていない。

——俺たちが現実世界に生還してから二か月半だ。

そろそろ、あの兄弟たちも次の手を打ってくるだろう。モチにそれとなく尋ねてみたが、異母兄弟たちの動向までは探れないと言われた。

《あちらはあちらで、だいぶ警戒が強いからね》

モチは本名を揺月《ヤオエン》といい、単純に言えばプログラマーだ。ただしやはりただ者ではなくて、経歴を調べたところによると、出身はシンガポールで、教育のために五歳の時カナダへ移住。十四歳でカーネギーメロン大学に入学、十五歳で起業している。暗号資産でひと財産稼いだが、どうもその時に異母弟マクシミリアンとひと悶着《もんちゃく》あったらしい。自分たちを仮想世界から強制排出してくれたのは、その意趣返しもあってのことだという。

この会社はモチの所有だから、従業員である自分たちの安全はある程度保証してくれている。だがそのうえで「異母兄弟たちには、生存していることも居所も摑まれているという前提で動いたほうがいい」というアドバイスを受けている。自分も、そのつもりだ。

だから、普段から偽名は使っていない。どうせ隠し通すことはできないのだ。ならば堂々としていればいいと思っている。

向こうは、〝人柱ＡＩ〟を仮想空間に閉じ込めていることを世間に知られたくないはずだ。生き証人たる自分もヨルも、できれば口封じしておきたいだろう。ひと思いに殺しにこないのは、たぶん兄弟間で意見が分かれているからだと思う。

――マクシミリアンは、〝殺したい派〟だろうな。

その下の妹、エレオノーラは逆にこちらを生かしておきたいと考えているはずだ。だが、それは好意的な理由からではない。彼女が日本進出を狙っているからだ。おそらく由上家を足掛かりにするために、自分を生かして恩を売っておきたいのだろう。彼女は、外見は美しい良家のお嬢様風だが、気質は誰よりも豪胆なマフィアの血を受け継いでいる。長兄を出し抜いて一族の頂点を狙う気満々だ。

かつて銃口を向けてきた長兄・ロレンツォの意向は読めない。昔、側近を通じて協力関係を結ぼうという打診があって、のこのこ面談の場に出向いたら殺されかけたことがある。ただし、その側近もすぐ〝事故死〟したから、もしかすると暗殺は長兄の意向ではなかったのかもしれない。どちらにしろ、それ以降の接触はなかった。

長らく不可侵で、お互い見て見ぬふりをしていた存在だった。だが仮想空間から生きて戻ったことで、もはやうやむやにしておけなくなっただろう。いずれ直接対決する時はやってくる。

「……」

すうすうと寝息を立てているヨルの身体を引き寄せる。当面、どうしても心配なのはヨルの命だ。

――ヨルを仮想空間に放り込んだのは、あいつらだからな。

自分が〝死んだ〟とされたあと、ヨルは会社の発表に納得せず、事件について調べ回っていたらしい。おそらく、嗅ぎ回っているのを煩《うるさ》がられて、〝どうせなら人柱ＡＩとして使ってしまおう〟という流れだったのではないかと思うが、一緒に現実世界に戻った以上、ヨルも口封じの対象になる。

今はある程度までモチに保護されている。だから、ヨルを安全圏に置いた状態で、自分だけイタリアに出向き、兄弟たちと決着をつけたい。

――だが、それにはもう少し時間が必要だ。

長兄ロレンツォ、マクシミリアン、エレオノーラ……末弟のルカは脅威になりようがないので放置でいいと思うが、少なくともこの三人の意向を把握してからでないとアクションは起こせない。

この二か月半、現実世界にいなかった間の情報を吸収し、探偵業をこなし、だいぶブランクは埋められたと思う。

――そろそろ、本格的に準備を始めないとな。

ヨルのためにも、確実に安全な環境を作りたい。

イタリアへの渡航計画をどう立てようかと考えていた時、モチから仮想空間へ入り込んで行う調査の案件が提示された。

事務所のパソコンから由上とヨル、リモートで川崎《かわさき》の自宅マンションから参加している井田と、その隣には産休に入った小里が一緒に映っていて、未《いま》だはっきりとは居場所を明かしていないモチとでオンラインミーティングが開かれている。

「依頼主の国籍はアメリカ。孫娘が仮想空間に入ったきり戻ってこないので、捜してほしいという案件だ」

個人用VSSに入っているので、肉体の居場所は自宅だ。やろうと思えば非常ボタンを押して強制ログアウトも可能ではないかと思われそうだが、実はそう簡単ではない。

「流行りの〝ログアウト防止アプリ〟を入れられたらしい。ユーザーの意志で操作しない限り、VSSの接続を切れない状態だ」

「〝異世界ゴモリー〟かあ」

異世界引きこもり、略して〝異世界ゴモリー〟とか〝ゴモラー〟と呼ばれる。最近できたネット用語だ。

VSSのおかげで長時間ダイブが可能になってから、仮想空間に入ったまま、現実の世界に戻るのが嫌だという新手の引きこもりが現れ始めた。それができるのはレンタルのVSSではなく個人所有機に限られるので、経済的に親がかりで、さらに富裕層の子が多い。一生齧れるほど親のすねが太いので、引きこもるほうも完全籠城を目指す。そういう需要を見込んで、VSSを外から勝手にログアウトできないようにするプログラムまで売られている。

このアプリの厄介なところは、もし強制的にVSSを壊したり、補正プログラムを入れようとすると、瞬時に体内へ電気が流れるようになっている点だ。つまり、下手に力ずくでVSSから出そうとすると、中にいる人が感電死する。体内に直接電気を流す場合、50mA程度でも死に至る。自分で自分の命を人質に取って立てこもるという、ある意味親の愛情を盾に脅すやり方だった。悪質だと思うが、我が子に何かあったらと思うと親は手出しができず、高価なVSSの中に引きこもる娘や息子を、ただ見守って待つしかない。

長い黒髪を後ろで一つにまとめ、切れ長の涼しげな眼をしたモチがちらりと画面の中からこちらを見る。

「もちろん、僕も目下プログラム解除用のアプリを開発中だし、まもなく発売する予定だ。でもこういう案件は、ログアウトさせれば解決するという問題じゃない」

〝ホワイトハッカー〟を自称するだけあって、モチのプログラマーとしての腕はなかなかのものらしい。同時に商売の才能もある。彼には対象者を捜すだけではない目的があるらしかった。

「引きこもる本人に直接会って、納得してログアウトしてもらうのが第一だけど、僕としてはまず何がそんなに彼らを惹きつけて止《や》まないのか、そのフィールドそのものを君たちに調査してきてほしいんだ」

その仮想空間は『魔法の島《エリン》』という名前だ。

「名前通り〝魔法〟が売りなんだけど、ネタバレ禁止で全寮制の魔法学校という以外の情報が出てこない」

　仮想空間への広告はいたるところで見かける。小西少年がやっていたような、敵を倒すものや壮大な世界観が売りのゲーム、ほのぼの異世界で時々狩りなんかをやるもの——これは自分たちが放り込まれていた仮想空間に近い——どれも〝いかにこの空間が楽しいか〟を全力でコマーシャルしている。利用者が増えなければビジネスとして成立しないのだから当然だ。けれど中には極端に情報が少なく、キービジュアル一枚だけ、という仮想空間もある。

「単に〝選ばれし者たち〟系の選民的な空間もあるけど、ビジネスであるならば、何か裏がなければ構築費用をペイできないはずなんだ」

　モチが冷ややかな微笑を湛《たた》えて机に肘を突き、指を組んだ。彼は仮想空間ビジネスの闇の部分を早くから探っている。だから、違法に仮想空間に閉じ込められた自分たちを見つけたのだ。

「色ごと、賭けごと、裏金作り……クローズドの空間でセキュリティを高くしているものは、それなりに理由があるとみていい。君たちが見たようにね」

　閉じ込められた『異世界転生』には、さらに秘密の内部空間があって、そこは異母弟マクシミリアンがこっそり作った「暗号資産工場」だった。ユーザーのパソコンに演算をさせ、さらにユーザー自身のプレイがそのまま暗号生成となる仕組みだ。古代の奴隷みたいに、延々と人力で歯車を回しながら仮想通貨を造らされていたのを見て、背中がぞわりとしたのを覚えている。

「『魔法の島』もセキュリティが異様に高くて、中に入り込むことはおろか、ユーザー情報すら確認できなかった。でも、こうやって壁を高くされればされるほど、僕としては内情を暴きたくなるんだよね」

「お前の興味のためにダイブに付き合わされるのはごめんだぞ」

向こうが雇い主だからこちらに拒否権はないのだが、得体の知れない空間に興味本位で行かされるほうはたまったものではない。渋い顔をしてみせたが、モチは楽しそうに笑うばかりだ。また、この邪気のないっぽい笑みが底抜けに怪しい。

「興味はおまけみたいなものだね。どちらにしても、この『魔法の島』に関しては、長期ダイブで子どもが戻ってこないという相談が数件きている。料金の関係でクライアントたちは依頼するのを渋っているけど、もしかすると複数の依頼を同時にこなさなきゃいけなくなるかもしれないんだ。フィールド調査をしておいて損はない」

新興ビジネスの仮想空間は、今のところほぼ無法地帯だ。日本の例を出すまでもなく、ＩＴ系に弱い政治家や警察はネット上で何が起きているかすら把握できず、それをいいことに商機を見出した者たちは好き勝手に閉鎖空間の中でビジネスを展開している。その空間がどんな仕組みになっているかも、そこでユーザーがどう動けるのかも、空間を作った人次第という〝俺が法律〟みたいな状態なのだ。だから、ＶＲスーツ一つで向かうのは、ある意味秘境探検に挑むのと同じくらい危ない。

「危険手当はちゃんと出すからね」

ニコニコと笑う〝モチ社長〟に確認する。

「依頼元の情報は確かなんだろうな」

閉鎖空間だ。これが、異母兄弟による罠《わな》だという可能性は充分ある。

「それに関しては大丈夫だよ。今回の依頼は身内ルートだからね。頼んできたのは祖母の友人なんだ」

その老婦人はアメリカのさる大富豪で、ご婦人とモチの祖母は刺繍《ししゅう》サークルの仲間なのだそうだ。

「孫が引きこもっているということはだいぶ前から聞いていたらしい。ＶＳＳ沼だと聞いたのが最近で、第三者が介入する余地はない」

「……ならいい」

異母兄弟絡みの心配がないなら、ひとまず引き受ける。

「だが、ダイブはまず俺が単独で出る」

「由上……」

ひとりで行く気か、とヨルが露骨に不安げな顔をする。だから、画面に見えない場所で手を握った。置いて行くわけじゃない……というメッセージをその手に込める。

「セキュリティが高い空間なら、何があるかわからない。もしかすると長期ログインしているユーザーも、〝引きこもっている〟のではなく〝出られない〟という可能性もあるからな。いきなりふたりともダイブして、帰ってこられなくなったら危険だ」

まず三日間の期限を設けて自分が潜る。そこで問題がなければ、一度ログアウトして状況を報告する。それからヨルが追いかけてログインするのでも、捜査の遅れはそう出ないはずだ。逆に、三日経っても戻ってこなかったら、何かあるとみてヨルに次の行動をとってもらう。モチも井田も、このプランには賛成してくれた。

「そうだね。今回も長期戦を覚悟してもらわなきゃいけないから、安全確認は必要だよ」

それに、とモチは言う。

「『異世界転生』の時は僕が拡張開発に携わっていたから、僕も内部に侵入できたし、セキュリティも解除できた。でも、今回はまったく知らない会社が作った高い壁だ。手助けはないと思って、慎重に進めてもらいたい」

ハッキングは今も試みているという。それでも入れないから、プレイユーザーを装って潜り込むしかないのだ。

「対象者の孫娘はアリシア・ドーンズという十七歳のお嬢さんなんだが、こちらでわかっているのはログインIDだけだ。システムに侵入できればIDで特定できるけど、仮想空間の中では、どんな名を名乗っているのかも、どんな容姿を選んだのかもわからない」

『魔法の島』という空間で遊んでいる、無数のユーザーの中から彼女を捜さなければならないのだ。しかも、捜されていると知ったら、嫌がって嘘《うそ》をつかれたり、逃げられたりする可能性がある。

「魔法系の空間は、最近では人気が急上昇している。捜し出すにしても、相当な数のユーザーがいると覚悟しておいてくれ」

「……学校なら、長期滞在ばっかりだろうしな」

「そうだろうね。どっぷり浸《つ》かり込んで帰ってこないと嘆く親の書き込みがあとを絶たない」

長くその空間に留まるほど利用料金はかさむ。引きこもる子ども自身も心配だし、課金額にも親は頭を抱えるだろう。

「だが保護者のクレームが出ても対応している様子はないし、ネットで問題視されてもいつの間にかうやむやになって社会問題化しない。どこかが意図的に庇《かば》っているようにも見えるんだ」

高いセキュリティの壁の向こうで、魔法を学ぶことに熱中して帰ってこない子どもたち……確かに、何かろくでもない匂いはする。ならばなおのこと、慎重に調査しなければならない。井田の意見も聞き、できる限り事前情報を集め、トラブルが起きた時の対処法もケースごとに想定し、ダイブ開始日を決定した。

3. ローマの兄弟たち

ローマ郊外。

からりとした陽射《ひざ》しを浴びたデナーロ邸は、黒と金の鉄柵門から正面玄関まで長い石畳が続いており、両脇から差しかかる木々の葉がくっきり影を落としている。

赤味がかったレンガ造りの館で、前庭には噴水が優美に水を噴き上げている。映画の舞台になりそうなほど古めかしいこの館には、長兄ロレンツォと次兄マクシミリアン、末弟のルカが住んでいた。

ルカは、二階の左端の部屋で机に向かっていた。

――よし……。

姉に似た、ちょっと勝気そうな唇に笑みを浮かべると、プリントキーを押す。プリンターから吐き出されたA4の紙を摘《つ》まむと、三階にある長兄の部屋へ向かった。

栗色の巻き毛、同色の瞳、背は伸び盛りだが、まだ成長しきっていないので大人に比べるとだいぶ迫力負けする。わかっているので、ルカは敢えて上質な仕立てのスーツで武装した。

艶光りする靴が、寄木細工の床で音を鳴らす。築百年を超えるこの館は反響がよく、教会のように音が響くのだ。

長兄の部屋の前に着くと、ドアの両脇にいるボディガードふたりが軽く視線だけでこちらを認める。

ここからが、勝負だ。

「兄さんにいい情報があるんだ」

「お伝えします」

「直接話したい」

「少々お待ちください」

片方のボディガードが部屋の中に入る。全員、黒に近い紺のスーツを着ていて、ジャケットのボタンは外してある。いつでもその内側にある銃を取り出せるようにしているのだ。

再び開いたドアから出てきたのは、長兄の側近だった。デナーロ一族を率いる長兄に直接会うには、いくつかの関門がある。

「お話をお伺いしましょう」

「兄さんに直接話すって聞かなかった？」

「ドンはお忙しいのです。お話は私からお伝えしますよ」

「いやだね」

ツン、とそっぽを向いてみせる。どうせ未成年だと見くびられているのだ、せいぜい子どもであることを最大限に利用させてもらう。

「兄さんじゃなきゃイヤだ。とっても大事なことなんだ」

「ルカ様」

「ね、ちょこっとだけ。二分でいいよ」

プリントした紙を背中側に回して、とびっきり可愛く下から見上げて微笑《ほほえ》んでみた。緩急をつけて、バカっぽく見せるのも大事だと思う。

――油断してもらえるからね。

あくまでも無邪気に、兄に報告したくてたまらないという体《てい》で勢いよくドアノブに手をかけ、制止するより先に顔だけ隙間から見せる。

「聞いて兄さん！　姉さんが君良《キミラ》を閉じ込めようとしてるんだ！」

中庭を臨む部屋の窓際には黒い艶やかなデスクと黒い革張りの椅子があり、長兄ロレンツォは窓を背にパソコンから目を上げた。これだけ距離があっても、目が合うと一瞬怯《ひる》む。

オールバックの黒髪、鋭い眼光。長身でバランスの取れた体格で、スーツ越しでも無駄な肉が一切ないのがわかる。非の打ちどころがない容貌で、にこりともせずに向けられた眼差《まなざ》しには権力者だけが持つ抗いがたい圧がある。

――でも、ぼくだってデナーロ兄弟の一員だからね。

たとえ勝てなくても、負けたくはない。ルカは少年らしさを武器に笑みを湛えて押し返した。

「姉さんは『魔法の島』に誘い込んで閉じ込める気なんだ」

証拠のメールをプリントした紙を、ひらひらと見せる。兄のちらりと向けた視線で、側近は意図を汲《く》んで扉を少しだけ広げた。承諾ということだ。ルカはすかさず細い身体を滑り込ませ、兄の興が削がれないうちに近寄る。ドアは側近が中に入ってすぐにぴったりと閉められた。

「揺月の身内から頼ませるように仕向けたらしい。さすが姉さんだね」

姉のエレオノーラは、揺月――モチとかいうふざけた名を名乗っている男の祖母にあたる人物の友人が、引きこもりの孫に困っているのを突き止め、刺繍サークルの仲間を買収して、それとなく「あの方のお孫さんの揺月て人に頼めば、仮想空間での人捜しもやってくれるらしいわよ」と吹き込ませたのだ。メールでは、この誘導がうまくいったことが報告されている。傍受したやり取りのプリントを差し出すと、ロレンツォは流し読みして低く尋ねてくる。

「それで?」

「ぼくが姉さんの動向を監視しようか? 勝手なことされちゃ困るでしょ?」

エレオノーラがその仮想空間『魔法の島』にすでにログインしていること、由上君良だけでなく、山之口夜も閉じ込めるつもりだというのも教えてみる。

――姉さんの動きを把握しておきたいはずだ。

姉は長兄を意識して、早々にこの家から独立している。もちろん、長兄だって姉の動きは独自に探っているだろうけれど、自分も役に立つところをアピールしたい。けれど長兄の回答はそっけない。

「他所《よそ》の企業が運営している空間で何ができる」

デナーロが所有していた『異世界転生』とはわけが違う。そんなことは最初からわかっている。ルカは懸命に言い募った。

「だからこそ、見張ってなきゃ。いつまでも閉じ込めておけないなら余計にね。だって、マクシミリアン兄さんみたいに、下手を打って君良に弱味を握られたら困るじゃない？」

「……」

ぎろりとした視線をまともに食らうけれど、ここで退《ひ》いたらせっかく持ってきた情報を召し上げられただけで終わってしまう。

ずっと由上君良を始末したがっていたマクシミリアンは、仮想空間ビジネスに乗り出した時、調子に乗って由上を人柱ＡＩとして閉じ込めた。マクシミリアン的には、赤ん坊の由上を路上に置いて魔物に喰《く》わせ、〝死に戻り無限ループ〟にしていたぶるつもりだったのだろうが、残念ながら由上は喰われもせず順調にレベルを上げ、まさかの脱出までしてしまった。人柱として永遠にこき使う予定だったのに、むしろあの空間コンテンツの非合法なシステムまで知られてしまって、マクシミリアンは面目丸潰れだ。長兄からも、かなりの制裁を食らったと聞いている。

もちろん長兄だって本当は知っていたことだと思うけれど、マクシミリアンの独断が招いた失態だ。これ以上一族の顔に泥を塗らないためにも、エレオノーラの独走は阻みたいだろう。

「ぼくが調べるよ。姉さんにバレないように」

自分はエレオノーラと母を同じにする弟だ。長兄・ロレンツォの母方の一族とは犬猿の仲だけど、自分は長兄の側につくつもりだと態度で示す。彼の部下にしてもらえるのなら、姉の陰謀を長兄に売るくらい、どうということはない。

「エレオノーラが簡単にお前にボロを出すとは思えないがな」

「仮想空間だもの、見た目はいくらでも変えられるよ。姉さんには気づかれずに探れるさ」

姉が仮想空間にいるのなら、自分も行く。そして逐一長兄に報告する。そう言うとロレンツォはクッと喉の奥で笑った。

「いいだろう。本当に役に立つ情報を持ってこられるなら、ここに報告にこい」

「うんっ！」

今は笑われているけれど、有用と認めてもらえるだけの結果を持ち帰ることができたら、ロレンツォの評価だって変わるはずだ。

——必ず爪痕を残してやる。

末子というだけではない。そもそも、誰も自分を後継者レースの一員として見てはいない。

——そんなの知ってるさ。

自分は上にいる三人とは事情が違う。母は確かに先代のドン、つまりロレンツォたちの父親の妻だったけれど、自分はドンの死後に生まれた。

抗争の最中にドンが死んで、デナーロ一家は混迷を極めた。その時のロレンツォは跡を継ぐにはまだ若すぎたし、デナーロ家は妻の一族に実権を握らせたくなかった。だから、デナーロの一族は権力を護るために、夫を亡くした三度目の妻に、ドンの従弟《いとこ》を娶《めと》らせた。

これは後継者のロレンツォが成人するまでの一時的な措置……一族も当の本人もそう納得していた。だからのちに自分が生まれたけれど、誰も当代の長子という捉え方はしなかった。あくまでもデナーロ家の末っ子という扱いで、当初の予定通り、ロレンツォの成人をもってルカの父は死に、家督は長子ロレンツォが継いだ。その死がどういうものだったかは、誰も追及しない。

だが代替わりした際、ルカは三男ではなく四男という扱いになった。つまり、長兄ロレンツォとマクシミリアンの間に由上がいることを、一族が認めたのだ。自分も憤ったが、由上の下という立ち位置で三男にされてしまったマクシミリアンとその母方一族の怒りはすさまじかった。

由上怜子《れいこ》と先代のドンは婚姻関係がない。生まれた由上はあくまでも庶子だ。戸籍上もそうなっている。だが、エレオノーラとその後ろについた親族は、由上の持つ日本での影響力に期待して、彼をデナーロ家の子どものひとりにカウントしたのだ。

――叔父さんたちが余計なことをしたから……。

おかげで、№2になりたがっていたマクシミリアンの敵意はすっかり由上に向けられているし、エレオノーラの関心事といえば、マクシミリアンから由上を横取りすることばかりだ。ドンの直系ではない自分は完全に圏外扱いで、誰も見向きもしない。

――ぼくだってデナーロ家の子なのに……。

姉のような強烈な野心はないけれど、掠りもしない存在のままでいるのは嫌だ。ロレンツォに〝自分は役に立つ〟ことを知ってもらいたいし、たとえ義理でも弟として期待されたい。

「今日からログインする。何かわかったら、すぐ報告するから！」

心なしか、無表情の兄が笑った気がする。嬉しくて、ルカは駆け出しそうな勢いで部屋を出た。

ルカの軽やかな足音が遠ざかると、側近が懸念を含んだ眼を向けた。

「よろしいのですか」

せっかくエレオノーラが餌《えさ》に食いついたのに、ルカに追尾や諜報をさせてよいのかという顔だ。

「かまわん。いずれにせよ、誰かに監視させるつもりだったからな」

ルカなら最悪の場合、失っても痛手にならない。

「うまくいった」

ロレンツォが由上君良を抹殺すると匂わせれば、エレオノーラは彼の身柄を守ろうとするだろう。手っ取り早くどこかの仮想空間にでも閉じ込めると踏んでいたのだが、予想通りの展開になった。

頭に血が上っている三男はロレンツォの動きしか見ていないから、これで由上を始末したがるマクシミリアンから由上を隠しておける。

「それにしても、タイミングよくあの島を選んだものだ」

まことに……と側近は控えめに相槌《あいづち》を打つ。ちょうど、あの企業の動きが気になっていたところなのだ。エレオノーラも勘の鋭い女だから、何かを嗅ぎつけてあの場所を選んだのかもしれないが、由上とエレオノーラの動きを監視できて、ついでに『魔法の島』の内部もリサーチできるなら、一石二鳥だ。

「せいぜい、期待しておこうか」

末弟の背伸びに、ロレンツォは低く笑った。

4. 魔法の島

由上が『魔法の島』にテストダイブして、無事に戻ってきた。今度はふたりで同時にログインする番だ。ヨルと由上はVRスーツに着替えるために寝室にいた。VSSのある二階ではすでに井田が準備をしてくれている。

「着られるか？」

「あ、うん。大丈夫」

実は自分で着るのは初めてなので、なかなか興味のある体験なのだ。

一見ただのラバーに見えるスーツは、導電性の素材がコイル状に編まれている布のようなもので、着るとニットみたいに微《かす》かに通気を感じられた。VSSの中ではゆるやかに特殊な保存液が浸透して、体温調節や皮膚の代謝に一役買っている。伸縮性がとても高いと聞いていたけれど、ジッパーを首元まで引き上げ、喉のあたりにあるストッパーボタンを押すと、シュッと身体にフィットした。

「わお、エヴ●ンゲリ●ンみたいだ！」

「それは俺もさすがに知ってる。観たことはないが」

「あれも溶液に浸るんだよ……に、してもコレ、めっちゃ近未来感あるね」

感慨深くスーツに包まれた手足を眺めたが、由上はそんなヨルを見て笑っている。でも、アニメで見た世界が現実味を帯びてきたようで、そのうち巨大ロボットとか耳のない猫型ロボットとか、本当に出てくるんじゃないかと興奮してしまう。

ちょっとウキウキしてＶＳＳルームに行くと、こちらも準備はすっかりできていて、井田がガラスケースを開けて待っていてくれた。

「なるべく早く戻ってこいよ」

「おう！　頑張るぜ」

笑ってハイタッチしながらケースに入る。

偵察で先行ログインした由上によると、特に戻れなくなるような心配はないらしい。ただ、一度ログアウトすると、再ログインするには設定を最初からやり直さなくてはならないそうで、時間のロスも考えて、今後は任務完了まで、基本的には定時連絡やログアウトをせず潜り続ける。その間、ＶＳＳの保守管理は井田が務めてくれることになっていた。

中に入ると、井田がＶＲスーツの首の後ろにある接続部分にいくつものチューブやらソケットやらを挿《さ》し、ガラスケースを閉めた。

途端に井田の声が遠くなって、代わりに骨伝導でスーツの内側からクリアな音が響く。

「よし、じゃあゴーグルを下ろして。エアマウスがくるから、噛んでね」

「うん」

口で返事ができたのはそれが最後だった。こめかみにあるゴーグルボタンを押すと完全に視界が塞がれ、顎まで覆われる。容赦なくエアマウスが当たり、ちょっと口を開けると鼻と口腔にがっつり入ってきて中で膨張するのだ。これは、何かのはずみでエアマウスが口から外れてしまわないように、安全設計上そうなっている。
《浸水ヲ開始シマス》
合成音がガイドしてくれる。足元からすごい勢いで保存液に満たされていくが、限りなく体温に近く、かつ体浸透圧が同じになるように調節されているので、水のような感触はなく、どんどん自分の皮膚と外の世界との境目がなくなっていく感じだ。
そして、笑気麻酔でもかけられたみたいにふんわりした感覚に陥って、気がついたらあるビルのエントランスにいた。

「マジか。これで仮想空間なのか」

ヨルは思わず声に出してしまった。虎《とら》ノ門《もん》とか大手町《おおてまち》あたりにあるビルのロビーとしか思えなかった。足元は人造大理石の硬い感触がして、自動ドアがスライドする。ガラス張りで高い天井までの吹き抜けロビーには陽が差しており、エントランス周囲に植えられている木々の影まで床に届いて揺れている。

「驚くよな」

由上も、最初のログインの時にびっくりしたらしい。

「うん……」

「こっちだ」

呆気《あっけ》に取られているヨルを促し、由上がエントランスを進む。でも、響く靴音も、踵《かかと》にくる硬い感触も、現実そのものだ。

受付ブースにいる制服を着た女性ふたりが、立ち上がってにこやかに会釈してきた。

「ようこそ、『魔法の島』へ。エントリーのお手続きをいたします」

「あ、はい」

相手の声も自分の声もリアルだ。ついさっきVSSで浸水したという感覚のほうが間違いなんじゃないかと思うくらい、これは現実だった。

——これなら、前回すっかり騙されたのも当然だよな。

前回の『異世界転生』に〝転生〟した時、自分は輸送用トラックに轢かれて死んだと思っていたが、実際は轢かれるどころか、トラックが入ってきたはずの倉庫にすら行っていなかった。自分の本体はテキサスの倉庫で働く人たちの宿泊所の部屋から、一歩も出ていなかったのだ。

テキサスにきて初日に部屋を割り当てられ、ごく普通に就寝したところで、部屋の換気システムを使って催眠ガスで眠らされたらしい。そこからすぐVSSに入れられ、専用の病院へと移送された。由上の時も同じで、要するに会社ぐるみでデナーロの経営する会社と共謀していたのだ。トラックに轢かれるシチュエーションも、あの仮想空間に入る一般ユーザーが経験する〝転生体験〟の一つで、まったくのフィクションだった。

後々、モチからその話を聞いた時は、「そんなわけあるかい」と突っ込みを入れた。それくらい、疑いようがなくリアルだったのだ。自分は確かにテキサスの事務所で軽く一週間は働いたし、そこで倉庫を仕切っているビルという男とも仲良くなった。でも、彼は〝転生体験〟に誘うためのガイドで、社員ではなかったらしい。

その時はとりあえず曖昧に納得した感じで終わったけれど、心の中ではちょっと信じ切れていなかった。あの職場が、まさか丸ごと〝作り物〟だとはどうしても思えなかったのだ。

でも、今なら本当に納得できる。ちゃんとＶＳＳに入ったばかりだというのに、どう考えてもここはオフィスだ。

「ガイダンスの前に、こちらの契約書と同意書にサインをお願いします」

受付嬢に案内されて、ちょっといい会議室みたいなところに入れられる。テーブルに何台もタブレットが並んでいて、すでに数人が座っていた。ヨルは由上の隣の席に座る。

画面を最後までスクロールして規約を読み、問題がなければサインをお願いしますと言われて、〝現実そのものの仮想空間〟という概念に、脳がバグりそうだ。

――机もタブレットも、ちゃんと感触がするのに……。

これさえも、自分の脳が補完して作り上げた仮想現実なのだ。今さらながら、人類はとんでもない方向へ進化してしまったのではないかと怖くなる。

タブレットのモニターには、『魔法の島』の概要と、会員登録のための初期費用、時間ごとの利用料金、決済方法などが示されている。ヨルはじっくり目を通した。ごく誠実な規約書だが、コースやオプションの多さにびっくりする。

「寮のグレードとか、アイテム課金とか、だいぶエグいな……」

「オプションはやめておけ」

経費がかさむとモチが煩いからな、と由上が冗談めかして言う。

「だね」

それにしても、スタンダードコースに「一か月まるっとプラン」とかがあるのはまだわかるが、ゴールドコースとかプラチナコースとか、クレジットカードみたいなランク分けがあって、月額料金はスタンダードの倍からゼロが一つ増えるものまであった。そして本当にクレジットカードでいうプラチナカードやブラックカードのように、ゴールドコースの上があって、そこは金を払えばどうにかなるというものではなく、〝選ばれたお客様だけにご提案するとっておきのコース〟なのだそうだ。他は価格が表示されているのに、ブラックコースは料金表示もない。

規約は『魔法の島』の概要も書かれていて、島には魔法を学ぶ学校があること、全寮制だが、短期間でログアウトを繰り返す〝通学生〟という特例もあること、ただし通学生だと参加できないイベントが多いことなどが書かれている。まあ、これなら大抵の人は寮生活を選ぶだろう。長期ログイン確定だ。

魔法の習得カリキュラムも紹介されているが、そこにさりげなくそれらの魔法が金で買えることが記されている。アプリ内課金があるゲームみたいなものだ。金をかけずにクリアしたいなら地道にやり続けるしかない。もっとも、ここは滞在するだけで時間ごとに料金がかかるのだから、地道にやってもアイテムを金で買っても、総額は変わらないかもしれないが。

最後までスクロールしてサインをすると、キラキラッとおもちゃみたいな音がして、タブレットの上に金色のカードが現れた。ホログラムみたいなそれは、手を伸ばすと触れる。ちょっとゲームの世界みたいだ。

——こうやって、さりげなく異世界感にシフトしていくのか。

リアルそのものの世界からファンタジーの世界へ。一枚の招待カードがその始まりだ。金色のカードには「入学許可証　おめでとう山之口夜君」という文字が浮かび上がり、鱗粉《りんぷん》のように金の粉が舞い上がった。

「入学許可証が出た方は、設定会場へご案内いたしますので、紙を持ってこちらにお越しください」

受付嬢の声かけに、前のほうの席から何人かが立ち上がる。

「ここから先が長いんだ」

ヨルも他の人に続いて立ち上がったが、隣で由上が小声で言う。ログアウトするたびに、この設定からやり直さなければならないので、定時連絡のログアウトを止めることにしたのだ。たぶんこれも、長期ログインを促すための仕組みなのだと思う。

「仮に最初に通学を選択しても、結局ログアウトしなくなるだろうな」

あくまでも〝選択肢はありますよ〟というポーズらしい。

「設定ブースは個別だから、出てくる時間が前後すると一旦行動が分かれるかもしれない。その時は、互いに流れに沿って先に行っておくことにしよう」

ここで離れても、どうせ学校で再会できる。由上は、〝何を選んでもいいが、年齢と外見はそれらしくしておけよ〟と念を押してきた。

「うん、わかった」

「じゃあ、またな」

受付嬢の先導に従って会議室を出て廊下を進み、左右にドアが並ぶ場所に出る。よく見るとおもちゃの扉のように可愛らしいデザインで、およそオフィスの廊下には不似合いだ。そう思って改めて左右を見渡すと、廊下は石畳に、天井は天を覆ううっそうとした木々に変わっていた。

——いつの間に……。

前のほうにいる人々は、特に驚いている様子もない。受付嬢も変わりなくひとりずつドアを開けて中に案内しているけれど、いつ変わったかわからないほど曖昧に、その姿は小さなスティックを持った金髪の妖精になっていた。透明で丸っぽい翅《はね》をパタパタさせて、ちょっと小粋な口調で入室を促す。

「さあ入って！　魔法の島ではどんな夢も叶うの。信じて！　魔法に必要なのは夢と勇気よ！」

まるで、どこかの遊園地のキャストみたいだ。スティックをひと振りすると、光の尾を引いて扉が開く。中に入ると扉がどこにあったかもわからないほど暗くなって、目の前で古めかしいランタンがポワっと光り出す。中にあるのは炎ではなく輝く鉱物だ。

ランタンの光で鏡が映し出された。

〈私は鏡の精〉

楕円形で縁に薔薇《ばら》の模様が模《かたど》られた、白雪姫の継母《ままはは》が使っていた鏡に似ている。

〈さあ、何が見える？　お前の姿はお前の望み通りにできるんだ。まず髪の色を選んでごらん〉

「へ……？　どうやるんだ？」

戸惑っていたら、なんと瞬時にモードが切り替わった。突然左右も天井もモニターやボタンで囲まれた近未来の制御室みたいに変化し、正面の立体モニターには、真面目《まじめ》くさった顔の自分が浮かんでいる。どうやら、操作方法は個人の使いやすい仕様になるらしい。

〈アバター設定ヲ開始シテクダサイ〉

モニターの横にはクレーンゲームみたいな矢印ボタンが上下左右についていて、どうやら身長・肩幅、足の長さまで、体形を選べるらしかった。

「すげえな……」

頭の形、筋肉のつき方、鼻の高さから目の幅……ボタンから画面を指でピンチする直感的な操作まで、とりあえずどのやり方でも対応してくれるようだ。最初は面白くて髪色を変えたり筋肉をつけたりしてみたが、あまりにも細かい設定にだんだん面倒臭くなって、ヨルは途中でドロップアウトした。

「もういいよ。元の顔で」

別に、なりたい顔があるわけではない。でも、由上に言われたから、年齢だけはそれっぽくしておこうと〝十八歳〟を選ぶ。エンターキーを押すと、目の前の画像は確かに幼くなった。

――年齢も自由、顔形も体形も自由……性別まで選べるんだもんな。〝理想の自分〟がアバターになるんだから、そりゃハマるわ。

感心しながらアバター設定を終え、これで終わりかと思いきや、設定はまだまだあった。次は「環境設定」だ。

「……言語設定まであるのか」

——そういえば、前回オレはこれを外されてたんだよな。

あとから聞いて、えらく腹が立ったやつだ。なんと、仮想空間はほぼどこでも同時通訳なのだそうだ。でも自分はこの機能を外されていたので、イタリア語がベースになっていた空間で、赤ちゃんから二年もかけてイタリア語を習得するはめになった。

——考えてみれば、当たり前なんだよな。ワールドサービスなんだから。

どこの国のユーザーでも楽しめるように、言語はすべてユーザー側が最初に選べるようになっている。相手が何語でしゃべっても自分の使用言語で聞こえてくるから、お互い、どこの国の人かもわからない。ただしこれには弱点があって、フォントが読み込めない文字は、変換できずに模様として認識され、そのまま視覚化されてしまう。古めかしいドイツ語の絵本は翻訳されなかったらしく、ドイツ語ができる由上だけが読めた。

言語選択がされていればあんなに苦労しなかったのにと思うと、未だに腹が立つのだが、知らないうちにイタリア語を習得したことだけは、感謝してもいい。もちろん、今回は言語設定で日本語を選び、そして最後に設定ボタンの形態を選ばされた。

自分で持ち運びするボタンは一つだけだ。宝石の形をしていて、エメラルドやトパーズなど、色も形も選べる。このボタンは正確には「操作ボタン」という呼称で、自分の指で触れると色々なものを呼び出せる。途中でコースを変えることもできるし、アイテムを買う決済もできた。その操作の一つとして、ログアウトもある。

画面では、このボタンをどう装着するかについて、さまざまなスタイルが提案されていた。最も多くのユーザーが選ぶのは、魔法の杖《つえ》の先端に装着するタイプだといわれる。まあ、大体のユーザーは魔法使いになりたいのだからわからなくはない。

〈身につけるという選択もあります。失くしそうなあわてんぼうさんは、ペンダントやイヤリング、指輪の形をどうぞ〉

耳元できらりと宝石を揺らした、とんがり帽子にマント姿のお嬢さんがにこっとアピールする。

――由上は、どんなタイプを選んだんだろう。

聞いておかなかったことを悔やんだが、今さら確認しようがない。ただ、リスク管理として簡単に取り外せるものは怖い。杖の先端につけておいた場合、杖を奪われたら最後なのだ。ヨルは画面からペンダントタイプを選んだ。薄型で平らな表面部分は鏡のように使うこともできるらしい。別に深い意図はないのだが、なんとなく由上が身につけたら似合いそうな形に思えたのだ。

――や、別にペアグッズとか、そういうの狙ってるわけじゃないけど。

思いついてしまった自分が恥ずかしくて、誰もいないのに自分で自分に言い訳してしまう。

「ま……まあでも、オレもこういう形、似合うんじゃね？」

あまりアクセサリーをつける趣味がない。初めてつけるネックレスは、なんだかちょっと照れる。でも、これならシャツの下に隠しておけるから、ぱっと見はどこに設定ボタンがあるのかわからなくて、安全性が高い気がした。

「それにしても、ホントに長かったな」

ようやく設定が完了した。

5．寮分けするやつといえば……

入学を許可された〝生徒〟たちは舟で『魔法の島』へ向かう。設定をしていた小部屋を出ると、妖精になった受付嬢が案内してくれて桟橋に着いた。もう、周囲の景色がどう変わろうが驚いたりはしない。

世界は夜だ。そこにはぽつんとふたりの新入生がいるだけだった。赤い髪をした女の子のほうが振り返って微笑みかけてくれる。

「あ、まだ新入生いたんだ」

——由上は、もう先に行っちゃったのかな。

案内してくれた妖精は、貴方たちが最後の組だと教えてくれて、〝ここで待っていてね〟と言うとふわりと消える。

残されたのは、制服姿の三人だけだ。

制服にはいくつものバリエーションがあって選べるけれど、基本のデザインは決まっている。白いバンドカラーのシャツに、黒いスカートまたはパンツ。丈も幅も自由だ。その上にコートのように長いジャケットを着る。襟や袖に銀色の装飾があしらわれていて、デザインはかなり自由に選べる。

でも、この上着には階級が示されていて、肩から腕に向かって渡されている銀の飾鎖は、自分で決められるものではない。新入生の我々は、留め金の装飾だけが肩についていて、鎖はなかった。ヨルはもっともスタンダードなマント風ジャケットに同色の黒いパンツ姿だ。

腿《もも》が半分隠れるくらいの丈のジャケットに黒のプリーツスカート姿の女の子は、明るい笑顔でこっちにおいでよと手招いてくれる。

「私、苺《いちご》っていうの。貴方は？」

本当に、ストロベリーカラーの髪だ。前髪がぱっつんとしていて、サイドは胸元まで長さがある。

「あ、オレはヨルっていいます」

「僕はヤカンっていいます」

もうひとりの新入生はお行儀のよい坊ちゃんみたいな見た目をしている。金色の髪は耳のあたりで整えられていて、紅茶色の瞳が優し気だ。そして本当に名前はお湯を沸かすための「ヤカン」らしい。イマドキだなあと思う。

「あ、舟が戻ってきたよ！」

魔法の島までの渡し舟は一艘《いっそう》だけなのだそうだ。苺ちゃんもヤカン君もはしゃいで戻ってきた小舟に乗る。

「すごい、ワクワクするね！」

「うん」

自分は社交的なほうではない。本当は知らない人と話すのは緊張するし、友だちを作るのも下手だ。でも、仕事モードで何かの役割を演じるなら、明るいキャラクターも軽いキャラクターも簡単に成り切れる。だから〝同級生〟という役柄をもらえるのは、役に入り込みやすくてありがたい。

「さあ、席に座ったら身を乗り出さないで。出発しますよ」

「はーい！」

黒いローブをまとった威厳のある船頭が櫂《かい》で桟橋を押す。小舟は静かに滑り出し、月に照らされた湖面は、さざ波を立てて光を揺らめかせた。

——確か、ビジュアルはアイルランド諸島の一つをフルスキャンして使ってるんだよな。

『魔法の島』を運営しているのはＩＴ先進国、アイルランド共和国の企業だった。この企業は小さな島を一つ買い取り、そこに実際の建物を建てて島中にセンサーとカメラを設置して、仮想空間を作り上げている。現実よりはスペースなども拡張されているだろうけれど、限定された島という空間なら、確かにこのやり方はリアリティが出せるだろう。気温や天候、日照時間なども観測センサーの情報がリアルタイムで同期しているので、一日の時間の流れも現実世界とタイムラグがない。申し込みの時間がやたらと長いのには、こうやって夜に入校させる意味もあるのかもしれない。

苺ちゃんが瞳を輝かせて感動している。

「見て！　すごい綺麗」

「あ、ほんとだ……」

ヤカン君が「真ん中にあるのが校舎で、周囲の島が寮」と解説してくれた。黒々とした湖面と空の間を切り裂くように、ライトアップされた無数の塔を従えた魔法学校〝エリン〟が聳《そび》え立っている。

——思ってたよりデカい……しかもめっちゃ綺麗だ。

本当に、苺ちゃんでなくても思わず息を呑む威容だった。隠された古代の島に伝わる魔法を学びに行くという設定も、半ば本気にしてしまいそうになる。

フランスにあるモンサンミッシェルのように、島の中央に校舎があり、周囲に立つ塔は、下から黄金色に照らされていた。船着き場のある下のほうには、島の外周に沿って柱回廊が見える。柱の一つ一つに黄金色のランプの灯りが揺れ、水面は無数の灯りを映して華やかで明るい。

船頭というには威厳のありすぎる黒髪の男が、櫂をゆっくりと動かしながら言う。

「ヤカン君はよくご存じですね。その通りです。これから向かうのが学舎のある島《エリン》で、四つの寮はそれぞれ橋で本島と繋がっています」

生徒たちは各寮に分かれて、毎日湖の上に張り出すローマ水道橋のような橋を渡って通学するそうだ。

「さあ着きました、気をつけて下りてくださいね」

柱回廊に舟がつけられる。大理石の回廊に下りると、待ちかまえていた総白髪の女性が、背丈より大きな樫《かし》の木の杖でドンと床を鳴らした。

「新入生の苺、ヤカン、ヨルですね。ついておいでなさい」

苺ちゃんが「わあ、おっかない」と小さく呟《つぶや》くと、厳《いか》めしい顔の女性は、彼女を睨《にら》みつけて震え上がらせた。

「私は学生寮を監督するマルガレーテ・エンデスト・ロトッポファ・ファルロトリス・ソロス・エミデリスです。寮監《マザー》と呼んでもかまいません」

助かった。フルネームを覚えろと言われたら、あと十回くらい聞き直すことになりそうだ。思わず首を竦めると、ヤカン君も同意して黙って同じ動作をしてくれる。目を合わせてこっそり笑い合うと、ちょっと嬉しくなった。

——へへ……なんか、本当に同級生になれた気分だな。

自分の高校時代は友だちがいなかった。それ以前からいつも、ひと目でハーフだとわかる外見をじろじろ見られるのに気後れしているうちに、友だちを作る新学期で乗り遅れ、毎回失敗していたのだ。

——だってさ……女子にいくらキャーキャー言われたって、体育でも掃除でも、ツルむのは男同士じゃん。

容姿は、同性間ではアドバンテージにならないのだ。むしろ変に劣等感を持たれて避けられたり、イケメン枠だと思われて顔のいい男にライバル意識を持たれたり、立ち位置で苦労してばかりだった。自分が人との距離を詰めるのが上手ではないからというのもあるが、壁を乗り越えることそのものに腰が引けていて、高校生になる頃には、すっかりぼっち慣れしてしまった。

——よく考えたら、しょっぱい青春時代だったよなあ。

今まで、そういう過去を特に残念だと思ったことはない。でも、今自分のアバターは十八歳で、さっき鏡で見た限り、ビジュアルはストロベリー髪の苺ちゃんたちとたいして変わらない。全然浮いていないのだ。

なんだか、ここでなら自分がやってみたかった〝リア充な青春〟ができるような気がしてしまった。

実年齢よりちょっと少年ぽいくりっとした瞳。まだ頬がふっくらとしていて、むすっとした顔さえ思春期の気難しい子どものそれだ。自分でも可愛いと思えなくもない。たとえ仕事上の仮の姿でも、同級生として彼らと一緒に暮らせるのだと思うと、ヨルはいつの間にか素で笑顔になっていた。

カーブする長い回廊を進み、メインの大食堂に辿り着くと、そこでは数百人の生徒が長いテーブルの両脇に座っていた。石造りの床と高い天井、シャンデリアが列になって下がっている古めかしい部屋で、テーブルの列は四つ。一つの列には片側で軽く六十人以上いるだろう。ヨルは咄嗟《とっさ》に「一つのテーブルで百二十人。全体で約四百八十人」と冷静に規模を計算しながらも、中央の通路を進むにつれて、ドキドキするのを止められなかった。

本当は、頭のどこかで「この程度の人数で仮想空間を運営するなんて採算が合わない」とか考えている。でも一方で奇妙な感じなのだが、本当に自分も魔法学校の生徒になるのだと〝リアルに〟感じてしまうのだ。

——不思議だな……バーチャルだってわかっているのに。

どんなに頭の中だけのことだと言い聞かせても、着せられた制服の重みや、いつもより少し背の低い視線、同級生の緊張した顔や、新入生を迎える先輩たちの拍手を受けて、高揚し始めた自分がいる。そして、壇上に固まっている〝新入生〟の中に由上を見つけて、ヨルは思わず頬をゆるませた。

——由上、めっちゃカッコいい！

由上も、十八歳くらいの設定だ。容姿も変わっていないけれど、切れ者の生徒会長みたいな印象になっている。

「へへっ」

──オレたち〝同級生〟なんだ。

もちろん、最初はなるべく〝知らない人〟として別々に行動し、学内のユーザーたちの間に溶け込もうという打合せはしてある。でも、だからといって知らんぷりをする必要はないはずだ。〝同期の新入生〟として普通に仲良くなればいいのだし、必要に応じてペアで行動する場合もあるだろう。

──しっかりしろ、オレ……ああでもめっちゃ楽しい。

心が浮かれてしまうのは止められない。

壇上まで進むと、寮監の先生がドンと大きく杖で床を突いて拍手を止めた。

「新入生の寮を決めます」

──キタ！　あれだろ、帽子だろ？

苺ちゃんたちもそう思ったみたいだ。三人で顔を見合わせ、小声で「同じ寮になるといいね」と囁《ささや》き合う。

でも、予想に反して黒いとんがり帽子は出てこなかった。真ん中に銅色をした平たい壺《つぼ》があって、別な寮監の男性が呪文を唱えると、ボワッと炎が上がった。

『俺様は炎の精オゴーニ様だ。今から新入りの寮を決める』

「わあ、炎がしゃべった！」

揺らめく炎には目鼻があって、ちょっと威張っているのに妙に愛嬌がある。

『特別出張で出てやったんだから、ありがたいと思えよ。さあその入学許可証を俺様に食わせるんだ』

「はい、じゃあ私から。おねがいしますオゴーニさん」

苺ちゃんが入学許可証を差し出すとオゴーニはむしゃむしゃと食べ、むーんと考えてから紫色の炎を上げて叫んだ。

『ウィスター――リア！』

長いテーブルのほうから歓声が上がる。

「紫の塔寮《ウィスタリア》だぞ！　うちの新入生だ！」

パチパチと拍手で迎えられ、苺ちゃんは一足先に紫色のタペストリーが下がったテーブルのほうへ行く。そのあとも、壇上にいた新入生が次々と入学許可証をオゴーニに差し出し、寮の名を言われて席に行く。

由上が紙を渡すと、碧の塔寮《モルフォ》の名が告げられた。ヨルは、澄ました顔で青いタペストリーの下がったテーブルへ向かう由上少年を見送りながら、思わず目を細めてしまう。

――なんか、見慣れなくてドキドキするな。

やや陰があって、でもリアルの年齢より身体ができていない感じで、女子がキャーキャー言いそうだ。これが由上の高校生時代だったのかと想像すると、目が離せない。

職場で出会ったから、由上の学生時代は知らないし、知りようもないと思っていただけに、こんな形で同級生になれたのがすごく嬉しい。これから一緒に教室で勉強したり、寄宿舎で暮らしたりするのだ。

――オレも、モルフォ寮になりますように……。

でも、入学許可証をむしゃっと燃やしたオゴーニはむん、と力んで火の粉を上げ紫色になった。

『きさまはウィスタリアだ』

――ええ～。

ちょっと……というか、かなり残念だ。由上と同じ部屋で寝起きする生活を想像してしまっただけに、がっかり感は半端ない。

――いや、捜査上は寮が分かれたほうが効率がいいんだし。

凹《へこ》んだ気持ちを持ち上げてみる。ウィスタリア寮は苺ちゃんだけでなくヤカン君も一緒で、ふたりが手を振って喜んでくれているのが、せめてもの救いだ。

寮のテーブルに向かいながら、隣のテーブルが「今日はウィスタリア寮が多いよね」とブツブツ言っているのを聞く。その隣の白の塔《エーテル》と反対側の黒の塔《バリオン》と記されたタペストリーの列は、しらっとした感じだ。すべての組分けが終わって、寮監がもう一度ドンと樫の杖で床を打った。

「みなさん静粛に。組分け炎の判断は以上です。各寮長はよく面倒を見てあげるように」

「はい。先生」

呼ばれた寮長はすっと席から立って新入生のほうへくる。長い黒髪の貴公子風な男で、上着は燕尾《えんび》服《ふく》のように後ろ丈が長めで身体に沿っている。肩には細い銀の鎖が五本ほど渡されて揺れており、魔法のレベルも高いのだとひと目でわかった。

「ようこそウィスタリア寮へ。わからないことがあったらいつでも聞いてくれればいい」

「はい」

苺ちゃんは差し伸べられた手を握り返す。寮長は整った顔でにこっと笑って、ヤカン君の質問にも丁寧に答えていた。

「……寮長さんて、大人っぽくてステキ」

苺ちゃんは瞳をウルウルさせてイケメン寮長を見上げている。だが、こちらは幸か不幸か由上という生イケメンで免疫がついているので、あの程度の顔なら「フーン」て感じだ。

——モルフォ寮に行った男の十年後のほうが、めっちゃ大人イケメンなんですよ、っと。

思わず自慢したくなるが、そんなことを言って下手に関心を持たれて由上に惚れられても困るので、黙っている。

——そもそも、これ全部アバターなんだしな。イケメンなんてなり放題だろ。

自分や由上のようにデフォルトの顔という人もいるかもしれないが、基本的に容姿も体格も全部自由に設定できるのだ。そりゃあイケメン・美少女だらけになるだろうよと思う。

お行儀よく長いテーブルに沿って座っている生徒たちを見ても、可愛い系から小悪魔系、塩顔からコテコテまでベクトルこそ分かれているけれど、どれも現実にはなかなかいないレベルばかりだ。

「ヨル君、寮へ帰るよ」

「あ、はい」

いつまでも未練たらしくモルフォ寮を見つめていたら、気品のある寮長に促されてしまう。彼に先導され、ウィスタリア寮の寮生たちは静々と食堂を出た。

6. 魔法使い修行

この学校の寮は全部で四つある。

紫の塔《ウィスタリア》、碧の塔《モルフォ》、白の塔《エーテル》、黒の塔《バリオン》だ。

寮内のインテリアは、それぞれの名前を冠した色が基調になっていて、ウィスタリア寮は地中海に浮かぶ小島のように、漆喰《しっくい》の白い壁に薄紫の藤《ウィスタリア》が咲き揺れている。建物の中に入ると、廊下は白い天井全体から無数の淡いウィスタリアが垂れ下がっていて、その中にほんのりと橙色《だいだい》をした灯りのランタンが鎖で吊《つ》り下げられた、やわらかい華やかさのある寮だ。

そして由上とは寮こそ別になったけれど、クラスは一緒だ。学校に行けば会える。

魔法学校の一日は、朝、寮監が呼び鈴を鳴らしながら回廊を「起床――！」と声を張り上げて歩くところから始まった。

着替えて洗面所でみんなと顔を洗って歯磨きをしたら、気の合う友だちと橋を渡って大食堂へ行く。学校へも、苺ちゃんとヤカン君と一緒に登校させてもらっている。これはあとから知ったことだが、どこの寮に属するかは、すなわち「どんな魔法が好きか」ということだった。

――申し込みの時「興味のある魔法」っていう項目にマルをつけたもんな。

ウィスタリア寮は、主に薬草や薬作りなど、植物を使った魔法や調合に興味のある生徒が集められている。つまりオゴーニの炎判定はあくまでも形式的にどの寮に行くかを周知するためのもので、オゴーニが勝手に決めているわけではないのだ。

そういう意味では、自分と由上が別々な寮になったのはラッキーだった。なぜなら自分たちの〝好きな魔法〟や、〝興味のある分野〟は、すべて捜索対象のアリシア・ドーンズの嗜好《しこう》に基づいているからだ。

アリシアの家族から出せる限りの情報を提供してもらい、彼女の服装の好みや好きな書物、遊び方の傾向などを分析した。そのうえで可能性の高そうな項目を選び、由上と自分で分担したのだ。

分析結果は二極化している。その結果でウィスタリア寮とモルフォ寮に分かれたのだと思う。彼女がどちらの選択をしたのかわからない以上、可能性の多い二寮に跨《また》がって捜索できるのは効率がいい。

由上のいる、青い蝶《ちょう》々《ちょ》のマークが象徴になっているモルフォ寮は、昆虫や動物などを操る魔法が好きな子が多い。食事中も青いモルフォ蝶がひらひらと飛んできて、伝えるべき相手のところで留まって翅を広げると、そこに伝言が浮かぶ。モルフォ蝶は全寮の郵便配達代わりも務めてくれるらしい。

それに対して白い樹がシンボルマークのエーテル寮は「戦いの魔法」を学びたい者が集う。魔法陣の描き方とか攻撃波の繰り出し方とか、およそアニメでよく見るような戦闘方法だ。ただし、どの寮も専科だけを学ぶというものではなく、基本的に授業は全員同じカリキュラムを受ける。寮分けは、同じ趣味・嗜好の生徒を集めることで、友だちを作りやすくする意図があるようだった。

――そうだよな。楽しく学んでもらわなきゃいけないし。

ヤカン君が教えてくれたところによると、魔法学校の上に「魔法大学」というのがあって、そこはそれぞれの科目に特化した学部制らしかった。ヤカン君の同級生がこの『魔法の島』にハマり、魔法大学の入学を目指していたのだそうだ。だがその子は親に強制ログアウトさせられ、学校で泣きながらこの経緯を語ったらしい。だからヤカン君は学校のことに詳しかったのだ。ヤカン君は同じ轍《てつ》を踏まないように、予め親に言質を取って、一年半の異世界生活を確保したのだという。

――いろんな経緯があるんだなあ。

こんな風に、自分からバックグラウンドを話してくれる生徒はありがたい。おそろしく手間がかかるけれど、こうやって該当者かどうかをしらみ潰しに捜すしかないのだから。

苺ちゃんは十八歳なのだと打ち明けてくれた。彼女は「好きを仕事に」するために、親に頼んでここに入学させてもらったのだそうだ。

《小さい頃から、魔法使いに憧れていたの》

仮想の空間で魔法を習得しても仕事にはならないんじゃないかと思ったが、リアルの世界に帰ったらこの経験を動画で語り、収益化するのだと言われた。でも、なるほどなと感心すると同時に、苺ちゃんの説明には引っ掛かる部分がある。

《ログ記録画像は来年、公開可能になるんだって。だから今年いっぱいはここで勉強すればいいかなって思って……》

自分の目で見ている世界は全部デジタル信号だ。この『魔法の島』の場合、個人のVRスーツに送られてくる視覚情報が全部デジタルログとして録画記録されているらしい。今は運営会社がデータを持っているけれど、希望者は来年、有料でデータを買い取ることができ、「自分の記憶」として自由に公開できるのだそうだ。

苺ちゃんは、いかにこの学校で学ぶことが楽しいか、どんな魔法があるかを動画で配信するつもりらしい。運営会社側だって、ユーザーが自主的に宣伝してくれるのは都合がいいからデータをくれるのだろうけれど、でも、なぜ「来年」と区切っているのかが不思議だ。

――今年一年は、あまり情報を広めたくないってことなのか？　だとしたらなぜだ？

考え込んでいたら、隣の席から袖を引っ張られて、小声で言われる。

「ヨル君、呼ばれてるよ」

「へ？」

はっと我に返って顔を上げると、ミス・マルガレーテナントカ……寮監先生が片眉を吊り上げて杖を握っていた。

「ヨル？　私の声が小さくて聞き取れませんでしたか？」

「え、いえ……はい」

どうやら指されていたらしい。慌てて立つと、寮監先生は「やってみなさい」と教壇の前にある机を示す。机には一枚の鳥の羽が置かれていた。くしゃみをしただけでも飛びそうなやつだ。

「さあ、まず杖の照準を定めて」

言われた通りに、与えられた三十センチくらいの小さなスティックを羽に向ける。ヨルは設定ボタンをつけていないので、杖はシンプルなスティック状だ。黒板にはこの魔法について図解されていて、先生の言う通りにできれば、羽は浮き上がるらしい。

「杖を握った指先の力を、杖の先まで延長させて」

まるで、自分の指先が伸びたかのような気持ちで杖の先まで意識を伸ばすのだそうだ。それができれば杖の先端が光る。そうしたら、その光をもっと先まで延長することができる。

「意識を杖の先端に集中させる」

「はい」

そうしようと思っているけれど、羽を睨みつけるばかりでうまくできない。すると、寮監先生が教壇から下りてきて、すぐ隣で実演してくれた。杖の先から細くレーザー光線のように光が伸びる。わざわざ出力を絞って、光がどう伸びるかゆっくり見せてくれる。

「貴方が指で摘まんで寿司《スシ》を食べる時、その指先でスシを潰さないように持ち上げますね。ですが、お箸《チョップスティック》を使って摘まむ時、その先端は指ではなく箸《はし》の先になる。でも、やっぱり手の延長のように上手に潰さずスシを持てるでしょう？　同じことです」

箸の先を自分の指先の延長として操る。箸でも杖でも原理は同じだと言いたいらしい。

——なるほど……。

どこまでも伸びる一本の箸とかフォークのようなつもりで杖を持ってみた。すると意思に従って杖の先は伸びていく。でも杖自体の長さは変わらず、自分が伸ばしたつもりの〝指先〟は光の線となってちゃんと羽まで届いた。

パン、と可愛い音がして、羽は光に弾《はじ》かれて舞い上がる。同時に教室内にわあっと歓声が上がった。

「すごい！　ヨル君できたじゃん！」

「いいなあ。一回でできるなんて」

級友たちは大絶賛だ。寮監先生も満足気に頷いてくれる。

「たいへん上手です、ヨル」

「ありがとうございます！　先生！」

――すげー、本当に魔法チックだ。

原理はなんとなく想像できた。

そもそもこの身体自体がバーチャルなのだから、自分の意識が「杖の先までが自分の身体」と認識を変えれば、それに合わせて筋肉は動く。おそらく、杖はその信号を拾いやすい設計になっているのだと思う。逆に椅子や机は、どれだけ自分が「身体の一部」と思い込んでみても、信号を拾ってくれないので動かない。でも、この杖は持ち主の筋肉の動きに同期して、動作を拡張してくれるのだ。そして、杖の先端から先は光という見た目で延長してくれる。現実世界ではまったくできない魔法だが、すべてが電気信号でできている仮想空間なら、技術的には充分できる。

とはいえ、いくら理屈でわかっていても、本当に魔法のように光るこの感覚は興奮する。レーザーポインターであちこちを照らすように魔法の杖で光を繰り出したら、先生に怒られてしまった。

「練習はあとで個人的になさい。さあ、次に試してみたい人は？」

我も我もと手が挙がり、先生は忙しい。習得した子はまだできない生徒にコツを教えてあげるようにと言われた。

教室を見回し、前の方に座っている由上を見ると、あちらも楽々と課題をクリアして他の生徒に教える役に回っている。

――さすがだな。

予想通り、由上は初日から女子にモテモテだった。今も教えてくれと何人もの生徒が寄ってきている。それはそれでモヤモヤするのだが、由上の場合、さらに男子たちも尊敬の眼差しで見ていて、隙あらば友だちになろうとしているのが見えて、ヨルは気が気ではない。

――い、いや……そりゃ仕事なんだから、人脈作りは大事だろ。

むしろ、未だに苺ちゃんとヤカン君くらいしか友だちができていない自分のほうがマズいのだ。でも、気づくとちらちらと由上のほうを気にしてしまう。

――昔の職場だって、由上は人気者だったじゃないか。

誰もが、不愛想でだんまりの自分より、社交的な由上に声をかけていた。しかも今回は人捜しのミッションなのだ。誰とでも仲良くできなければアリシアは捜せない。そう自分に言い聞かせても、やっぱり由上に群がる生徒たちをチェックしてしまい、苺ちゃんがふらふらと由上の席へ行こうとしているのに気づいてしまった。

「苺ちゃん」

はっと気づいた苺ちゃんは、照れたように笑って言い訳する。

「あ、なんか、うまくできなくて……」

由上君に聞いてみようかなと思って……とか言っているけど、頬が赤らんでいる。

「由上君、魔法すごく上手そうだから」

――ウソつけ……カッコいいからだろ。

初日は寮長にほわんとしてたくせに……とか責めたいけれど、由上と同じクラスになったら、そりゃあ気になるだろうと納得してしまう。

「あっちはなんか他の人も聞きに行ってるし、オレでよかったら教えるよ？」

「……あ、うん。ありがと」

苺ちゃんがあからさまに残念そうな顔をする。自分はニブいほうだと自覚しているけれど、さすがにこれは話しかける口実をへし折られてがっかりしたんだというのはわかる。

──オレ、器がちっちゃいよなあ。

素直に由上のところに行かせてあげればいいのに、親切ぶって阻止するなんて、セコいと思う。けれど、本音では誰も由上のところに行かせたくない。

──だって、苺ちゃんはなんにでも積極的でパワフルだし。

捜索現場だから、由上だって近寄ってきた者を無下にはしないだろう。優しくされたら、苺ちゃんはもっと張り切ってアタックしてしまうかもしれない……そう考えるだけで引き離したくなる。

「とりあえず見てみるから、苺ちゃんやってみてよ」

「うん」

幸い、苺ちゃんも諦めて、由上より魔法の習得のほうに意識を切り替えてくれたみたいだ。だいたい、今から由上の席に行ったって、人が群がりすぎていて近づけない。

苺ちゃんのほうはなんとかできそうな気配になってきたけれど、ヤカン君の杖はウンともスンともいわないままだった。

「力みすぎなんじゃないかな。杖は強く握らなくてもいいんだよ」

そうアドバイスすると、ヤカン君は杖を落としてしまいそうなほど握力を弱める。箸を使うような気持ちで、と伝えると一本しかないのに、箸のようには使えないと嘆いた。

——わりと、想像するのが苦手なタイプか……。

「この杖はヤカン君の人差し指なんだ。しかもぐーんと長く伸びる」

「指がそんなに長くなったら困るじゃないか」

気分は先生だ。ヤカン君が想像しやすいように、なるべく見たことがあるものに例えてみる。

「大丈夫だよ、伸び縮みする折り畳み傘の柄《え》みたいな感じを想像してみて」

そう言うと、ちゃんと杖の先にある光がスライド式に伸びていく。

——なるほど、その人の想像《イメージ》した通りにビジュアル化するんだな。

レーザーポインターみたいだと思ったら真っすぐに、三段式で伸びる傘の柄みたいだと想像したら、その通りにガタン、ガタンと段階的に光が伸びる。その様子を見ていた苺ちゃんも、理屈を飲み込めたようだ。

「わかった！　頭の中のイメージが大事なのね！」

にゅーん、と擬音をつけながら小さな杖の先を羽に向けると、その通りにややゴムみたいな伸び方をして羽のところまで光が届く。ふわりと羽が持ち上がると、苺ちゃんは飛び上がって喜んだ。

「できた！　できたできた〜」

「すごいじゃん、苺ちゃん」

ヨルも一緒に喜びたかったけれど、ヤカン君が泣きそうな顔になっているので、ふたりとも自分の成果そっちのけで、三段から先に進まないヤカン君の光をどうにかしようと応援した。

「ヤカン君、もうちょっとだよ。もっと光を先に伸ばして」

「伸びないんだよ」

「大丈夫だよ。この光は折り畳み傘と違って、十段階くらい伸びるはずなんだ」

「そうなの？」

——一段がこの長さなら、十倍で届くはずだ。

なるべく具体的に言ったほうがいい。ヤカン君は言葉のまま受け取って、指先の感覚を十段分伸ばすはずだ。そう思っていたら、案の定、ガクンと光が伸びて教壇に届いた。

「ほら、できたじゃないか。この光は、ヤカン君が〝何倍〟って考えたら、その通りどこまでも段階が増えるようにできてるんだよ」

「あ、そうか……わあ、できた！」

気がつくと、クラスのみんなもそれなりに〝身体の感覚の延長〟を体得できたみたいだ。

寮監先生は教壇まで戻ってパンと手を叩いた。

「皆さん、今日の課題はできたようですね。では授業はここまで。あとは個人でよく練習をしておくように」

「はーい！」

今日習ったのは一番初歩の魔法だ。魔法はこれからどんどん複雑で多岐なものになる。そして力の習得具合に合わせて、手のひらサイズの〝魔法の杖〟は、寮監先生が持っているような、背丈並みの大きさにも自在に変えられるようになるのだという。

――ってことは、感覚の延長だけじゃなくて、身体認識の増幅もできるってことなんだな。

杖を大きくしたり小さくしたりできるのなら、理屈上、自分の身体そのものも大きさを変えられるはずだ。

――すげーな。

調査のための潜入だと重々わかっているけれど、やっぱりこういう体験はすごく面白い。ヨルは授業が終わっても、教室を去りたがらない同級生たちと一緒に、長らく魔法の練習をした。

由上はいつの間にか教室から消えていた。


次の日の授業は、「変身の魔法」だった。今度は教室ではなく、机のない広い講堂のようなところに連れていかれる。二クラス合同だ。属性ごとに寮は分かれているけれど、クラスは四つの寮すべての混成になっている。

可愛らしいウサギの垂れ耳に、ふわふわのピンク色の髪をした先生が教壇に立った。

「さあ皆さん、誰でもいいのでふたり一組のペアになってくださーい」

苺ちゃんとヤカン君が組んだので、ヨルは誰か別な人を探さなければならない。

――由上と組めないかな。

今なら、さりげなくペアを組んでもらうのを口実に、由上と〝友だちになりました〟感を演出できるのではないかと思う。由上はどのあたりにいるだろうと探そうとした時、ふいに目の前に小首を傾《かし》げた男の子が現れた。

「あの、ぼく……余っちゃって。組んでいただいたり、できますか？」

黒髪のくせっ毛にくりっとした黒い瞳、白いシャツもコート風のジャケットも他の生徒と同じだけれど、黒いパンツはハーフ丈で、ガーターで留めたニーハイソックスのせいで、ちょっと幼く見える。見慣れない生徒だ。

——隣のクラスの子か。

「ぼくはルカっていいます」

由上のことも気になるけれど、なるべく他のクラスの生徒とも知り合いたい。

——でもな……。

どうしようかなと考えつつちらりと目を走らせると、少し遠くに由上を見つけることができた。けれど向こうは人が群がっていて、むしろ誰とペアを組むのか、選ぶのが大変そうだ。

目が合ったけれど、お互い苦笑して諦めた。それぞれで、できるだけ新しい人脈を広げたほうがいい。ヨルはにこっと笑顔を作って握手の手を差し出した。

「ありがとう、助かるよ。オレはヨルっていいます」

ルカはくりっとした瞳をキラキラさせて見上げてくる。

「ありがとうございます！　こちらこそ嬉しいです！　よろしくお願いします」

——可愛い子だなあ。

「頑張りましょうね！　ぼく、足を引っ張らないようにしますから」

「とんでもない。オレのほうこそ、失敗したらごめんね」

「大丈夫ですよ！　ヨルさん、頼りにしてます」

ルカは頬を染めて握手した手をブンブン振る。はしゃいだ仕草は、半ズボン姿と相まって、まるで弟でもできたような感じだ。

全員がペアになると、先生が変身魔法を起動させる呪文を黒板に書いて解説してくれた。

「皆さんはまだ〝術反射の鏡〟の使い方をマスターしていないので、この魔法を自分にかけることはできません。今日はまず、ペアを組んだ相手を変身させます」

杖の先から出る魔法を、鏡のように反射させて自分に術をかけるという〝術反射の鏡〟というのがあるらしい。これはもっとあとで習うようだ。

「まず変身させる相手の身体全体をくるりと杖で円を描くようにして囲んで、範囲を指定してくださいね。それから魔法陣を描いて、呪文を書き込みます」

先生はさらに、最初の呪文に続いて、〝どんな動物に変えたいか〟の呪文を唱えるのだと教えた。

「ウサギの場合はこの文字。犬だったらこの文字……種類を書いたら、次にできるだけ具体的に呪文《プロンプト》を唱えます」

ウサギ耳の先生は、杖に跨ってふわりと浮き上がりながら、黒板に次々と呪文を書いていく。ルーン文字みたいだが、これを覚えて杖の先で綺麗に書くと、魔法が発動するのだ。

魔法は、より具体的に呪文を描くほど精度が上がる。ウサギと描いただけではなんの変哲もない白くて耳の長いウサギになるけれど、〝ロップイヤー〟とか〝灰色の毛〟とか、呪文を足すとそのビジユアルに近づくらしい。

「どうしようか」

ヨルはルカと向かい合わせに立って相談する。ルカはにこっと満面の笑みで見上げてきた。

「もちろん、ヨルさんからやってください！　ぼく、何にでもなりますよ」

「なんでもって言われてもなあ」

「……えーっとじゃあ、猫がいいかなあ。家で飼ってたんです。尻尾《しっぽ》がふさふさの、ノルウェージャンフォレストキャットです」

「よし、オッケー！　それでいこう」

――アリシアの家では、動物は飼っていなかったな。

この時点で、ルカは該当者から外れた。でも猫種が具体的で助かる。対象者でないのなら、あとは心置きなく魔法の習得に専念できるというものだ。ヨルはルカの身体全体をくるりと杖で範囲指定してから、黒板の呪文を見ながら、慎重に魔法陣に呪文を書いた。

「猫……大きい、ふさふさ、毛が長い……ノルウェージャン……よし！」

杖の先が呪文を読み取って輝きだす。

「ジュジュシリユ、ジュジュリシユ、ネコになあれ！」

ポン！　と可愛い音がして、ふわっと煙みたいなものが上がる。でも、煙が消えて現れた姿は元のルカのままだ。

「あ、あれ？」

呪文が失敗したのかもしれない。

「ごめん、もう一回やってもいい？」

でもルカはニコニコ笑っている。

「魔法はかかりましたよ。ほら、うちの猫にそっくりです、大成功ですよ！」

お尻のほうからふっさふさの尻尾を前に手繰《たぐ》ってくれた。確かに、尻尾は床に引きずるほど大きくて毛は長い。

「尻尾だけかあ」

「でも、他の人もそんな感じじゃないですか？」

隣の苺ちゃんは、リスになろうとして顔だけがリスになってしまい、ヤカン君に怒っている。先生は、杖に跨って生徒たちの上を飛びながら、アドバイスをしている。

「最初は、なかなか思い通りにはならないかもしれないけど、諦めないでね～。だんだん、上手になってくるはずです。あと、呪文をなるべく具体的に、魔法をかけてもらう人とかける人で、同じイメージになるように、打合せをしていくとうまくいきやすいですよ」

――ああ、そうか。

昨日の、羽を浮かせる授業の時に思ったことそのものなのだ。この身体はデジタルデータだから、本人の意識次第で、指先の感覚が杖の延長線上に伸びるように、身体の大きさや形も、杖を媒介に変えることができるのだと思う。人のせいにするのはよくないけれど、もしかして尻尾だけがやたらにリアルなのは、ルカのイメージが尻尾だけだったからではないだろうか？

——ちょっと、その辺を確認してみようかな。

魔法をかける人の能力もだけど、〝かけられる人〟のイメージ力がちゃんとしていれば、変身できるのではないだろうか。

「じゃあ、次はルカ君どうぞ」

「はい！」

自分は、なるべくリアルに猫を想像してみようと思う。ルカはちょっと自慢気にジャケットの内ポケットから小さな魔法の杖を取り出した。

「ヨルさんは何になりたいですか？」

「オレはね、白猫がいいな。目が青くて長毛で、ちょっと顔が潰れ気味の、ペルシャ猫がいい」

子どもの頃、祖母の家にいた白猫〝モチ〟を思い浮かべる。きっとあれならリアルにイメージできると思うのだ。何しろ、前の仮想空間では助けにきてくれた揺月を〝モチ〟の姿にしてしまったくらいだ。

ルカは杖を手に自信満々だ。

「ぼくの杖は加速アイテムを搭載してるんです。任せてください」

「？　ああ、課金してるんだ」

練習なしでも魔法の精度がパワーアップするやつだ。値段は覚えていないけれど、だいぶお高いのだけはわかる。嫌味を言ったつもりはなかったのだが、ルカはちょっと慌てた顔になった。

「あ、でもこれぼくだけじゃないですよ。わりとみんな搭載してるものなんです」

「あ、ごめん、ごめん。そうだよね」

――この子、もしかしてバリオン寮の子なのかな。

四つある寮のうち、〝もっともお高いコースの生徒が集まっている〟と言われるのがバリオン寮だ。そちらの寮なら、オプションアイテムを買うのは普通のことなのかもしれない。それに、通常の課金アイテムだけでなく、ブラックコースやプラチナコースを選んだ人しか買えないスペシャルアイテムがあるから、課金アイテムに対しての意識も違うと思う。

ルカが〝みんな〟と言った時、彼は周囲のいくつかの組を杖で指していた。確かに、何人かはいきなり小さなカエルに変身させたり、完璧なイヌワシの姿にできていたりして完成度が高い。センスや才能といった差もあるだろうけれど、やはり課金アイテムを搭載していると、精度は圧倒的に高くなるのだと思う。

アイテムでどうにかできてしまうなら、わざわざ学校で魔法を学ぶ意味がないのではないかと思うのだが、〝魔法学校でチート〟という醍醐味《だいごみ》を味わいたい人にとっては、嬉しい制度かもしれない。

ルカが真剣な顔で杖を向け、呪文を唱えた。

「ペルシャの白猫ですね。いきます！」

くるりと杖を回すとキラキラと星が飛び散る。ヨルも、一生懸命モチに似た白猫を思い浮かべた。

「白猫になれ！」

――変身できたかな……。

そーっと片目を開けると、ルカの困惑した顔が見える。そして次の瞬間に、リス顔になった苺ちゃんが、髭《ひげ》をぷるぷるさせながら声を上げた。

「やだあ、ヨル君も失敗してる～」

――ん？

両手、両足を見ても変化はない。制服も着たままだ。

――なんだ、オレがリアルにイメージしても駄目なのか。

一体どこが変わったのかと訝《いぶか》しんでいたら、苺ちゃんが頭を撫でてくる。

「でも猫耳可愛い～！」

「わっ」

耳をわしゃわしゃやられると、腰にゾクッとくる。ヨルは両手で耳をぺたっと伏せて逃げた。

「や……勘弁して、ちょっと……耳は」

「わー、ヨル君、尻尾もできてる」

「わあ、尻尾もダメ！」

まるで性感帯みたいだ。毛並みを撫でられただけで尻にゾクゾクと快感が走る。ヤカン君もいじり始めて、ヨルはへたり込んでルカに助けを求めた。

「ル、ルカ君、ちょ、ちょっとこれ、戻して……」

「おかしいな、完璧にできるはずなのに」

「いいからルカ君、ちょっと」

わりと必死に頼んでいるのに、ルカは考え込んだまま納得していない。敏感な耳やら尻尾やらを弄

ばれるヨルは、本当に腰が抜けそうだった。

「先生〜」

変身の授業は、ウサギ耳の先生に術を解除してもらうまで、半泣きだった。


――いや〜、ホントまいったわ。

まだ尻のあたりに何かあるような気がして、ヨルはそっと尾てい骨をさすった。変身の魔法はさんざんだった。自分の身体の大きさや質感が変わるのは興味深かったけれど、自分にはあまり向いていない魔法だと思う。

誰かを変身させることができるようになったら、今度は自分が変身する魔法を身につける。その次はこのあたりにいる狐《きつね》や蜘蛛《くも》なんかを捕まえて、使い魔として使役できる術を覚えるらしい。初級クラスで少し勉強して、面白いと思った生徒は進級する時そちらの授業を選択する。極めるほどではないと思ったら、その術は覚えなくてもいいのだ。

――今日のは、どうかな……。

今日の授業は、魔法薬の調合だ。我がウィスタリア寮の生徒たちが得意とする科目でもある。今回も二つのクラスが合同でやるので、人数はいつもの倍だ。

集合場所の温室の扉を開けると、ガラスと真鍮《しんちゅう》フレームでできた温室は、光に満ちて明るく、そしてみずみずしい緑にあふれていた。

「わあ、大きいね」

「すごい……何種類くらいあるんだろう」

苺ちゃんもヤカン君も、キョロキョロと見回している。

温室の中にはレンガで舗装された小路があって、全体は丸いドーム型をしていた。熱帯植物園にきたみたいに、少し室温が高めで、あちらこちらからミストが噴き出している。

「さあ、授業を始める。皆、真ん中の広場に集まるように」

中央でしわがれた声がして、キョロキョロしていた生徒たちがそちらに向かう。ヤカン君は、垂れ下がっているウツボカズラから出てくる緑色の小人にびっくりして、ヨルの袖にしがみついてきた。

「わあっ」

「だ、大丈夫だよヤカン君、これ、悪さはしないんだって」

そういう苺ちゃんもビビり気味だ。ひょこっと顔を出す小人は、確かに絵本に出てくるようなキモカワ系で、苦手な人は苦手だと思う。

魔法薬の先生は、白くて長い髭を持つ老先生だった。古めかしい樫の木の杖を持ち、大魔法使いだけが着る、長くて床まで届く黒い上着を着ている。肩には何本もの銀鎖が渡され、きらきらと揺れていた。

老先生はコホンと咳払《せきばら》いしてから言う。

「さあ、今日は魔法薬の実習だ。おのおの、薬びんの作り方は覚えておるかの」

は―い、という声があちこちで上がる。教室の座学ではすでに、どんな魔法薬があるか、材料の種類と集め方、呪文の他に、魔法薬を閉じ込める薬びんの作り方を教わっている。

「さあ、ではまず薬びんを用意したまえ」

かけ声とともに、生徒たちは一斉に屈《かが》んで植え込みのあたりから適度な大きさの小石を探し始めた。かぼちゃを馬車に、ネズミを馬に、馬を御者《ぎょしゃ》にするように、魔法は〝もと〟を見繕わなければならない。

「ヤカン君、それ、小さすぎない？」

「そうかな。これくらいならいい？」

「うーん、あ、もうちょっと大きいのがあるよ」

直径二センチくらいの石を見つけた。まあ、元のサイズはあまり関係ないけれど、量を増やすのはやはり技術がいるので、できるだけ大きいほうがいい。何しろ、課金アイテムを搭載できるバリオン寮と違って、ウィスタリア寮の生徒たちのほとんどは課金なしで勉強しているので、一つ一つの魔法を会得するのが大変なのだ。

周囲の生徒たちは、次々に杖を小石に向け、薬びんを作る魔法をかけている。ヨルも自分の石を確保してから、魔法陣を出して小石に向け、呪文を唱えた。

「ロエイソリ、ソエイロリ……青いガラスの薬びんになれっ」

小石は瞬時に青い手のひらサイズのガラスびんになって、地面でコトコトと揺れる。

「わあ、綺麗！」

苺ちゃんも、負けじと呪文を細かくしてかける。

「ロエイソリ、ソエイロリ……オペラピンクで縁が金色の、ぽってりと下が丸い薬びんになあれ！」

ポンと軽やかな音とともに、フラスコみたいな形をした鮮やかなピンクのびんができた。

「苺ちゃんのも綺麗だ」

「うーん。でも、ちょっと思ってたのと違うなあ」

充分ステキだと思うのだが、苺ちゃんは大きさとぽってり具合が納得いかないらしい。何度も呪文をかけ直している。ヤカン君は黄緑と黄色のグラデーションが気に入らないと、やっぱり作り直した。

さすがにウィスタリア寮の生徒が好きな授業だけあって、それぞれこだわりどころが違うらしい。いつまでも試していたら、指定される魔法薬の紙をもらうのが最後のほうになってしまった。

「びんができたら、四人一組で紙をもらいにくるように」

自分たちの他に、あとひとり、組んでくれる人を探さなければならない。どうしようかなと思っていたら、苺ちゃんは待っていたかのように頬を染めて提案してくる。

「由上君を呼ぼうよ！　由上君、すごく魔法上手だし」

――えー……。

お近づきになりたい感がダダ漏れだ。すごく阻止したいけれど、でも現実にあとひとり加えなければ四人にならないし、自分も、由上と同じグループになれる機会がちょっと嬉しい。そんな一瞬の迷いの間に、苺ちゃんは返事を待たず由上を呼びに走って行ってしまった。

きっと、こういうチャンスがくるのをすごく狙っていたのだと思う。止める暇もなく由上のいる人だかりのところに行き、何ごとか交渉し始めていた。そして、どうやってもあの人気ぶりでは無理だろうと思ったのに、意気揚々と由上を連れて凱旋《がいせん》してくる。

「ただいまー！　四人揃ったよ！」

「苺ちゃん、大丈夫なの？」

遠くから恨めし気に見ているひとかたまりの集団を横目に、ヤカン君は心配そうだ。でも、当の由上がさらりと肩を竦めて言う。

「助かったよ、向こうも人数を四人に分けられなくて大変だったんだ」

全員が由上と四人グループを作りたくて揉めていたらしい。肝心の由上が抜けたら、残された生徒たちはなんとなく四人ずつに分かれていた。苺ちゃんは自慢げだ。

「あっちの集団、奇数だなって思ってたから。私、いいことをしたと思うの」

「ま、まあ……由上……君がそれでいいなら」

一応、初めて口を利くという前提になっている。どんな距離感にすればいいかわからなくてモゴモゴしていると、由上は実になめらかに〝友だち認定〟してくれた。

「ヨルのことも気になってて、組んでみたかったんだ。誘ってもらってよかった」

〝同じクラスなんだから、タメ口で当然〟という感じが自然だ。ヨルは、こうやって由上は他人との距離を自然に取れるんだなと感心してしまう。

――オレには、できないよなあ。

苺ちゃんのはしゃぎっぷりが気になるけれど、とりあえずこれでグループはできたし、由上とも〝友だち〟として話しても不自然ではなくなった。さっそく先生のところに紙をもらいに行こうとしたら、背後で急に声がした。

「あの、ぼく、また余っちゃって……他に組んでくれる人がいなくて……」

「ルカ君……」

苺ちゃんたちは困った顔をしている。先生には四人一組と言われているし、まだ他にも組ができていない人たちはいるからだ。でもルカは俯き加減に、今にも泣きそうな感じでヨルのジャケットの裾を握ってくる。

「混ぜてもらうことってできますか？」

「ルカ君、あっちにもまだ組ができてない子たちがいるよ？」

ヤカン君のアドバイスにも、ルカは半べそで小さく首を振る。

「……さっき行ったんですけど。でも、駄目で」

——もしかして、この子、クラスにも寮にも友だちがいないのかな。

もしそうなら気の毒だと思う。自分も、リアルの学校生活では自由な班決めの時余り気味だったから、すげなくできなかった。

「じゃあ、先生に五人でもいいか聞いてみようか」

「ありがとうございます」

苺ちゃんたちも、ルカの半べそ顔に、それ以上強く言えないみたいだ。由上だけは何か思案顔で黙っていたけれど、ルカが裾を握って動かない以上、断るのはちょっと無理そうだ。結局、皆でどの魔法薬を作るかの「指定紙」をもらいに行く。

苺ちゃんはせっかく摑んだチャンスを逃すまいと、由上と並んで楽しそうに歩いている。急にあぶれたヤカン君は、ひとりで歩いていて、ちょっと不満そうだ。そしてルカはまだヨルのジャケットの裾を摑んで歩いていた。

ルカが涙目を瞬かせて見上げてくる。

「ヨルさんが優しい人でよかった」

「いや……そんな……」

赤味の残る目で憧れたように見つめられると、こそばゆい。

「ヨルさんみたいな人が、お友だちになってくれたらいいのに」

――やっぱり、この子はぼっちなのか……。

せっかく魔法が使える夢の世界にきたのに、ひとりぼっちだと楽しみが半減してしまうだろう。

「一緒に勉強してるんだから、みんな友だちだよ。合同授業の時は、またオレたちのところにおいで」

「ありがとうございます！」

ルカが本当に嬉しそうに笑う。そしてそこからは先刻の泣きべそなど忘れてしまったかのように楽しそうにあれこれと話しかけてきた。

まあ、立ち直ってくれたのなら何よりだ。

「〝笑わせ薬〟かあ」

先生に五人グループを認めてもらい、指定紙をもらったら、人を大笑いさせる薬作りがミッションだった。〝笑い草〟という草の葉を摘み、びんに入れて呪文をかけると緑色の煙になる。それをふりかけると、どんな人でも大笑いしてしまうらしい。

「うーん、見つけづらい葉っぱね。すごく平凡だもの」

苺ちゃんが『魔法薬草大全』という本と温室の植物を見比べて唸《うな》っている。確かに、エンドウマメの蔓《つる》みたいな見た目で、葉にこれといった特徴がない。

「でも、まだ材料が一種類だけだから、いいほうかもよ」

班によっては、二種類の薬草で調合する薬が課題になっている。そちらは配合もきっちりやらないと効き目が変わってしまうので、大変そうだ。

「とにかく探そう、ヨル君と僕はふたりでこっちを探すから、苺ちゃんたちは反対側を探して」

ヤカン君の指示で左右に分かれたのに、ルカはやっぱりこちら側についてきた。

「ルカ君、君は苺ちゃんのほうでいいよ」

「でも、ぼくはヨルさんと一緒のほうが……」

ヤカン君が口をへの字にし出した。どうも、このふたりは相性が悪いらしい。

ルカがきょろっと苺ちゃんのほうへ視線をやる。

「だって、おじゃましちゃ悪いし……」

――いや、ルカ君それ、要らない気遣いだから。

色々と、空気を読む子なんだと思う。でも苺ちゃんはここぞとばかりにその波に乗った。

「そうよね、だってルカ君はヨル君のことが好きなんでしょ？　そっちのほうが嬉しいわよね」

引き裂いちゃ悪いし……とか言いながら、苺ちゃんはしっかり由上の腕を取っている。ヨルは思わず素で目を丸くしてしまった。

「え……」

――いや、ダメだろ。オレの目の前で腕とか組む？

由上はさりげなく腕を抜く形で立ち位置を変えてくれたけれど、こんなグイグイくる子と由上をふたりっきりにさせるなんて心配で魔法どころではない。

でも、自分が由上のほうに行くと言えば、ルカもついてきてしまうだろう。そうしたらヤカン君がひとりになってしまう。かといって、ルカとヤカン君だけで組ませるのは無理だ。自分が緩衝材にならないと、きっと喧嘩《けんか》になる。

由上は、〝どうする？〟という顔で待ってくれていた。でも結局、グループの和を考えて、ヨルはルカを引き取る方向を選んだ。

「じゃあ、こっちを三人にしようか」

「はい！」

ルカは嬉しそうだ。苺ちゃんもご満悦な顔をしている。ヨルは内心で嘆いた。

――ああ、長男体質って損だよなあ。

自分より小さい子たちが揉めると、どうやっても仲裁する側に回ってしまうから、自分の願望よりグループの和のほうを重んじてしまうのだ。

「由上、そっち頼むな」

「ああ」

せめてもの慰めは、由上と普通に口が利けるようになったことだろう。

「さ、オレたちはこっちを探そう」

ヤカン君はぶつぶつ言ったけれど、一応反対はしないでくれる。ヨルはなるべく真ん中に入るようにして〝笑い草〟を探すことにふたりの意識を向けさせた。

「あ、あれとか違う？」

「似てるけど、でも葉の裏が紫だから違うと思う」

「ホントだ」

「じゃあ、これは？」

「ヨルさん、もっとあっちの上にあるやつのほうが絵に似てると思います」

「どこどこ？」

「あっちです、あのサボテンの向こう」

「違うよ、あれは実が生《な》ってる。実の形が違う」

苺ちゃんからもらった図のコピー画像と見比べながらも、ヤカン君とルカの意見が食い違って、なかなか奥へと進めない。右に、左にとふらふら寄りながら探しているうちに、早い組は素材が揃ったようだ。できた、と歓声を上げている。ヨルは立ち止まって〝トウモロコシをポップコーンに変える薬〟を作った生徒を見た。

生徒の背より高く育っているトウモロコシに薬をかけると、黄色い粒はポンポンと弾け飛んで芯を離れていく。別な生徒がびんを捧げ持って、まるで玉入れ競争でもしているみたいに、弾けたポップコーンを集めていた。

「すごいね、びんがどんどん大きくなってるよ」

ポップコーンがびんの口からあふれそうになると、もうひとりの生徒が杖を振るってびんを一回り大きくさせる。もう、バケツみたいなサイズだ。

だが、ヨルがうっかりよそ見をしているうちに、なにやらヤカン君とルカが言い合いになっていた。

「この葉で間違いないと思います。ぼくの杖は〝見つけるセンサー〟を搭載していますから、ぼくの判定で合ってます」

「その葉は蔓に対して小さすぎるから違うと思う。こっちだよ」

「ぼくの杖は間違わないですよ」

「嘘つけ、昨日の変身魔法だってできなかったじゃないか」

「で、できてましたよ」

「できてなかったよ。ヨル君の変身は耳と尻尾だけだったじゃないか」

ルカが顔を真っ赤にして抗議している。弱気な子だと思っていたのに、意外と負けず嫌いらしい。

「ヤカン君だって、苺さんの顔しか変身させられなかったじゃないですか。一部だって変身したらできたことに変わりはないです！」

「アイテム課金してるくせに、全部変身できないなんて、できないのと同じだよ」

「なっ！」

「ああちょっと、ふたりとも何やってるの」

慌てて割って入るけれど、もうヤカン君がムキになってしまっておさまりがつかない。

「だって、ルカ君は！」

「喧嘩しない。友だちだろ」

「友だちじゃないよ。よその寮の子じゃないか」

「ヤカン君」

ヤカン君は、アイテム課金は〝ずる〟だと思っている。はじめから課金制度があることはわかっているのだから不正ではないのだが、ヤカン君に限らず、感情的に反発する生徒も少なくはない。嗜好の違いもあって同じ寮の生徒同士でかたまってしまうことが多いけれど、特にバリオン寮の生徒はこの理由で他寮の生徒からは敬遠されがちだ。

――気持ちはわかるけど、でも……。

だからと言ってあまりルカを除《の》け者扱いしたくない。

「せっかく同じ初級クラスなんだから、寮で隔てるのはよくないと思う」

「ヨル君……」

仲良くしてほしい。ヨルはどっちも譲らないふたりに、それぞれが〝笑い草〟だと主張する葉を一枚ずつ取ってもらい、両手に持った。

「じゃあ、オレが試してみるよ」

ちょっと噛んでみて、笑いが込み上げてきたらそれが〝笑い草〟だ。笑うだけで毒性はないわけだし、笑いだしたら、言い争いなど横に流してくれるだろう。

そう思ってまずルカの選んだ葉の先を前歯でほんの少し齧ってみる。

——なんともないな。

そしてヤカン君の持ってきた葉を噛んだ瞬間、ちょうど生徒の間を巡回していた老先生が通りかかった。

「呪文をかける前の葉は、口にしてはならんぞ。成分が濃いからな」

——ウソ……。

口の中に、ミントのような清涼感が広がり、次の瞬間にヨルは大爆笑していた。

——先生、それもうちょっと早く言って……。

腹を全力でくすぐられている感覚がする。

「う……うひゃ……うひゃひゃ……わ、やべ……ひゃははは、コレ、こっち、だった……うひゃひゃ、確かに……確かに笑い草だ……あはははは」

「……ヨル君」

「ヨルさん」

笑いが止まらない。本当に、喉とか足の裏までくすぐられまくっている感じだ。ヨルは笑いを止められずに腹を抱えて地面に転げた。

「だから噛むなと言ったのに……わしの注意を聞いておらんな」

先生に解毒魔法を施してもらうまで、ヨルはゲラゲラ笑ってだいぶ生徒の注目を集めた。

授業が終わると、仲のいい生徒同士で教室に残る者や、早々に寮に帰る者、クラブ活動にいそしむ者などに分かれる。ヨルはちらりと由上のほうを見て、目線を合わせてから教室を出た。

——定時連絡アリだ。

毎日ではないけれど、お互いに進捗状況を報告し合うことになっている。回廊を出てひと目が少なくなると、ヨルは待ちきれなくて、待ち合わせ場所へと駆け出した。業務連絡だとわかっているけれど、由上とふたりきりになれるのが嬉しい。

——由上……。

7. ヒミツの塔

魔法の島で一番高い場所にあるのが、学校の鐘を鳴らす鐘楼《しょうろう》だった。そこはヨルとの秘密の定時連絡場所で、教室での目配せが〝放課後ここで待ち合わせをする〟という合図だ。高い場所にあるから、塔に腰かけて足をぶらぶらさせてもバレはしないのだが、一応、鐘が下がっている場所の内側で、柱の陰に隠れて並んで立ち話をしている。

ヨルは魔法を学ぶこの仮想空間がどうやらとても楽しいらしい。アリシア・ドーンズの捜索をしながらヨルの様子を確認していると、時々仕事などすっかり忘れて魔法に熱中しているのを見かける。

そんな時、由上もつい微笑ましく眺めてしまう。ヨルが楽しそうに級友たちと笑い転げているのを見ているのが楽しい。

——コイツはそもそも二次元ものが好きだからな。

魔法とか異世界とか、そういうファンタジーに親和性があるのだと思う。自分的には遊園地にキャストで入ったような気分なのだが、ヨルの笑顔を存分に眺められるので、わりと楽しめていた。

ただ、今現在のヨルは由上の隣で頭を抱えている。

「……どうしよう」

「どうしようもこうしようもない。お前が受け入れたんだろ？」

「だからって、寮を移動してくるなんて……」

ヨルに懐いてきたバリオン寮のルカが、ウィスタリア寮に移動してきた。寮から寮への移籍は、特に珍しいことではないらしい。学んでいるうちに好きな魔法が変わったとか、やってみたけれど合わなかったとかいう理由で鞍替えするケースはアリだという。

ただし、超富裕層だけが入るバリオン寮からの移動は珍しいらしかった。寮長をはじめ周囲はざわついたが、ルカは移籍するなりヨルと相部屋になりたいと申し出てきたそうだ。

「いや、確かにグループとかには入れたけどさ……だって、あの状況で断れるか？」

「俺ならやんわり他のグループに連れていくけどな」

そもそも、ヨルにだけピンポイントで懐いてきたのが不自然だ。別に危険はないかもしれないが、故意にすり寄ってくる他人なんて、避けておくに越したことはない。

ヨルは頭をくしゃくしゃと掻く。

「あんな泣きべそでこられて、そういうオニ対応なんかできないよ」

「まあ、お前はそうだろうな」

――だからヨルをターゲットにしたのだろうが。

ルカの言い分としては〝ヤカン君に「よその寮の子」って言われたから〟同じ寮になったら友だちになれると思って移籍してきたのだという。ヨルにも〝「またオレたちのところにおいで」って言ってくれましたよね〟と、取った言質を盾にしている。「合同授業の時は」という部分を意図的にスルーするふてぶてしさといい、ちゃっかり苺の感情を利用してヨルの人間関係に割り込んでこようとする行動力といい、ヨルが考えているほど無邪気で気弱な子どもとは思えないが、今それを指摘したところで、ヨルはルカを排除できないだろう。

〈バリオン寮を出てきました。もう、戻るところはないです〉

固い決心……という顔でうるうると瞳を潤ませ、ヨルしか頼れないという立場を作り込んできて迫る。弟妹の面倒を見てきて、保護者精神の強いヨルには絶対拒めないキャラだ。

そこにあざとさや狙いすました意図を感じてしまうのは、勘ぐりすぎだろうか。

――もし、ここに俺の異母兄弟絡みの勢力があるとしたら、まず狙うのはヨルより俺だろうが……。

ルカという名を聞いて、咄嗟に母どころか父も違う末の弟のことが浮かんだ。だがここは仮想空間だ。どんな顔や体形にもなれるし、本名を名乗る者もいるだろうが、基本的にはアバターネームを使う。近づいてきた半ズボンの少年は資料で見た末弟とは似ていなかったし、そもそもルカは相続の関係で〝兄弟〟カウントされているが、デナーロ家でも後継者候補には入っていない、年齢的にもまだ学生だったはずだ。

関係ないはず……。そう思うけれど、あからさまにヨルに近づいてくる者には警戒感が募る。

――単に、俺が不愉快なだけかもしれないが。

ヨルが同級生たちとにぎやかにやっている時、楽しく眺めてはいるけれど、心のどこかで、ヨルの気持ちがそちらにだけ向いてしまうことへの寂しさを味わっている。

――バカなことだ。

ヨルに近づいてくるからルカのことが嫌いだなんて、独占欲丸出しの、子どもじみた感情だと思う。ヨルは間違いなく自分を好きでいてくれているし、単にこの仮想空間を楽しんでいるだけだ。気の合う友だちができても、自分を忘れたり、離れてしまうわけではない。

それでも自然に生まれてしまう感情だけは制御できない。ルカに限らず、ヨルを囲む苺やヤカンたちに、ざわっとした感情がないわけではない。ヨルが、腕に抱きついてくる苺の姿に叫びそうな顔をしてくれて、それでようやっと自分を苛《さいな》んでいた小さな棘《とげ》が消えてくれたくらいだ。

――あの顔は面白かったな。

驚きすぎて怒れないまま呆気に取られるという、複雑な顔の変化が一気に見られた。その日の定時連絡で、まるで時間を取り返すように、無意識に腕を摑まれていたのが由上にとって幸福だった。

大人げない……と心の中で苦笑しながらも望んでしまう。

ヨルに嫉妬されたい。自分に苺が近づくたびに、ガルガルと毛を逆立てるヨルに満たされたい。

だが、甘いことばかりは言っていられなかった。何しろ仮想空間は〝デジタル無法地帯〟なのだ。

「追い払えとまでは言わないが、奴には気をつけろ。近づいてくる目的が本当にただの〝友だち欲しさ〟だとしてもだ」

なんの裏もない少年だったとしても、トラブルメーカーになることだけは確かだ。そう言ったら、ヨルは頭を掻くのをやめて、ちょっと怒ったような顔で見つめてくる。

「由上もだよ。苺ちゃんには気をつけてね……あの子はイケメン大好きなんだから」

「ああ」

むくれたヨルの顔が可愛い。わかりやすく嫉《や》いてもらえたお返しに、由上は片手で抱き寄せて頬に口づけた。

「肝《きも》に銘《めい》じておこう」

「わ……よ……」

ジタバタするヨルが愛《いと》おしい。

「こ……ここ、学校……」

「だからなんだ?」

カチッと音がして、重い鐘がゆっくりと角度をつけ始めた。由上は動揺するヨルの唇を塞ぐ。

「……っ……」

やわらかく熱い粘膜。息を呑み込んで肩を竦めるくせに、ヨルの手は両腕を掴んでくる。

たまらなく気持ちいい。本当に、このままヨルを食べてしまいたい。

「っ……ん………」

リーン、ゴーンと重い鐘の音が響く。揺れる古めかしい鐘の大音響に、ヨルの悩ましい吐息がかき消され、ふたりはいつまでも熱い抱擁を繰り返した。

8. 罠

授業が終わると、ヨルは由上の席にダッシュで近づく。

「由上、さっきの授業のノート見せて！」

「ああ」

ほら、と渡される。実は中身はモルフォ寮とウィスタリア寮の生徒の一覧表だ。お互い身元が確認できた生徒の名を消して、進捗状況を共有していた。

「あ、由上くーん。あのさ、さっきの魔法ちょっとできなくて……」

そして、もう一つ理由がある。ヨルは授業内容を理由に近づいてくる苺ちゃんを横目に、大急ぎで由上の背を押した。

「〝グラビティ・ウオー〟の練習があるんだろ？　遠慮せず行けよ。苺ちゃんはオレが教えるから」

グラビティ・ウオーとは、魔法を使った対戦ゲームだ。由上の魔法能力の高さに目をつけたモルフォ寮のチームが、スカウトしたらしい。

「ああ、悪いな」

由上が、苦笑を嚙み殺している。ちょっと小生意気な秀才……みたいな十八歳の由上は、やっぱり眩《まぶ》しい。ヨルはつい浮かんでしまう笑みで頰がゆるまないように気をつけて手を振った。

「まかしといて！」

苺ちゃんがふくれっ面で足を止めている。ヨルはすっと教室を出て行った由上を声援で見送った。

「頑張れよ～」

――ふう。やれやれ……。

今日も防御完了だ。無事、苺ちゃん他の女子から由上を守れた。満足感でにこっと振り返る。

「さ、じゃあ今日の魔法の復習をやろうか。オレが代役で悪いんだけど」

女子がむくれるのは当然だ。いつもの自分ならこんな荒業はできない。でも、大事な由上に悪い虫がついたら大変だから、彼を守るためなら嫌われ役なんか全然怖くない。

でも、苺ちゃんの険しい顔には、さすがに作った笑みが凍りついてしまった。

「あのさあ、ヨル君……」

女子が、ゆっくりと話して距離を詰めてくる時の怖さはハンパない。まず、目が笑っていない。そのうえ、声が若干低めだ。

「そういうの、楽しい？」

「そ、そういうのって……」

ずい、と近づかれて、一ミリも笑っていない苺ちゃんの瞳の色が剣吞《けんのん》になった。

「自分が先生役をやりたいからって、練習を盾に由上君を追い出すとか、やってて恥ずかしくないの？」

「え？」

「由上君が、花を持たせて譲ってくれてるって、知ってた？」

——何？　何言ってんの……？

どうしてそういうことになるんだろう。でも、他の女子生徒もそうだそうだと同意して口を挟んでくる。

「練習なんて口実なんだよ。ヨル君、気を遣われてるってわかってる？」

「由上君は〝ヨルが先生役をやりたがってるから、教えてもらってあげて〟って、他の人にこっそり頼んでるんだよ。そういう気遣い、ヨル君知らないでしょ」

「そ……」

そんなはずはない。女子からのアタックをどう避けるか、ふたりで鐘楼にいた時決めたことなのだ。

由上がそんな根回しをするはずがなかった。

でも、女子たちは〝ヨルに先生役という立ち位置を譲るために、敢えて身を引く由上〟という設定で話してくる。

苺ちゃんは、同情を込めた説得をし始めた。

「ヨル君が魔法うまいのは認める。私よりずっと上手だよ。でも、由上君には全然かなわないのも事実。由上君がレベチなのはわかるでしょ」

こっくりと頷く。

現実世界と一緒だ。魔法も、使う人間がもともと備えている言語センスだったり身体能力だったりに左右される。元の素質に優れている人は、魔法の世界でもやっぱり能力が高い。

「うまい人にみんなが教えてもらいたがるのは、当然なんだよ。ヨル君が由上君に勝ちたいなら、こんな小細工するんじゃなくて、ヨル君が努力して魔法の腕を上げるべきだと思う」

——そんな、勝つとか負けるとかって……。

そもそも、由上と争ってなんかいない。自分は苺ちゃんたちが魔法を口実に由上にまとわりつくのを排除したかっただけだ。

——でも彼女たちからは、オレが嫉妬で由上を追い出したように見えるんだ。

苺ちゃんの、憐《あわ》れむような視線が心に痛い。

「こんなことまでして〝先生役〟にしがみつくなんて、みっともないよ?」

恥ずかしくて死にそうだ。女子たちの目はヨルを〝教える役で女子にモテモテのオレ〟に固執しているみっともない勘違い野郎だと認定していた。

かあっと頬が赤くなる。

——そんなつもりじゃないのに……。

女子と話すのはそんなに得意じゃない。魔法を教える役も、得意になってやっていたわけじゃない。でも、今どう言っても、見苦しい言い訳にしか受け取られないだろう。唇を噛み締めていたら、後ろからルカの声がした。

「あの……由上さんのいるチームは、今日、中庭で模擬試合をするそうです。応援席とかもあると思いますよ」

「え、そうなの？」

「はい。球が飛んできたりすると危ないので、だいたい観覧用の場所が設けられるんです。誰でも見学できます」

応援してあげたら、由上さんは喜ぶんじゃないかとルカが提案し、気まずい空気もあって女子たちは大挙して中庭に向かった。

取り残されたヨルに、ルカが申し訳なさそうに向かい合う。

「あの……余計なこと言ってすみません。でも、苺さんたちは由上さんに会わせておけば、きっとご機嫌だと思うんです」

「……うん……ありがと……気を遣わせてごめんね」

「そんな。ぼく、ヨルさんが責められてるのを見てられなくて」

実年齢は知らないけれど、こんな年下っぽい子にまで庇われてしまう自分が情けなかった。そして、彼女たちの勘違いに反論できなかったことにも落ち込む。

——だって、わりと事実なんだもん……。

グサグサきたのは、歪曲《わいきょく》された事実の中に、真実が含まれていたからだ。

——苺ちゃんたちが由上を選ぶのは、由上のほうが魅力があるからなんだよ。

魔法が上手で、かっこよくて所作がスマートで、それは誰でも憧れるし好きになるだろうと思う。

——でもオレは？

由上みたいにかっこよくはない。苺ちゃんたちは仲良くしてくれていたけれど、もしかすると先生風を吹かせる自分のことが、少し鼻についていたかもしれない。だから、邪魔された怒りも含めて一気に不満が噴出したのかもしれないのだ。

——オレ……。

否定したいのに、だんだん彼女たちの言うように、教える役で悦《えつ》に入《い》っていた嫌な奴だったような気がしてしまう。

「ヨルさんは、みんなが言うような人じゃないですよ。みんな、恋に目がくらんでヨルさんを邪魔者扱いしてるだけです」

「……ありがとね」

フォローされると、余計に自分のはっちゃけぶりが思い出されていたたまれなくなる。

もし自分が由上とお似合いのカップルで、誰もが認めるペアだったら、誰もこんな風に突っ込んではこなかっただろう。全然釣り合っていないから、苺ちゃんたちはここにライバルがいるとも思わず、由上にアタックしていたのだ。

——男も該当するとは思ってないだけかもしれないけど。

そもそも、カップル宣言なんてしていない。

——そうだよな。リアルのオレたちの関係なんて、言わなきゃわかるはずがないだろ。

では同級生としてこの場で〝彼氏宣言〟ができるかというと、いくら多様性だのなんだのと言われたところで、やっぱりできる気がしない。

それが、同性というハードルだからなのか、自分に自信がないからなのか……どちらだと問われると、後者な気がする。

胸を張って由上の隣に立てる自信がない。

「ごめん……ちょっと頭冷やしてくるね」

「ヨルさん」

ヨルは、ルカを置いて教室を出た。


学校という場所は、意外とひと目を避けられるようで避けられない。特別教室は先生が鍵を開けない限り閉まっているし、談話室も図書室もなんだかんだで人はいる。結局、定時連絡場所にしている鐘楼に行った。

塔のレンガ壁に寄りかかって、内側の狭い段差部分にしゃがみ込む。見上げた先には古めかしい銅色をした大鐘が下がっていて、次に鳴るのは夕食前の予鈴だ。

「……」

由上に借りたノートを広げ、確認が済んだ生徒と、確認日を目で追っていく。

「駄目だなあ……オレ」

モルフォ寮のほうが、全然確認率が高い。つまり、由上は身元チェックを順調に進めているということだ。自分はというと、教室や談話室以外にも毎回食事の際にテーブルの座る位置を変えて話をしたり、工夫はしているけれど、進捗は亀の歩みのようだ。

ちらりと壁越しに外を見ると、黄金色をした夕陽が塔のレンガと鐘に反射して眩しい。

——もうすぐ、夕食かあ。

食堂に行かなければ……と思うけれど、足が動かなかった。亀裂が生まれたままのクラスの生徒たちと顔を合わせた時、どんな風に接したらいいかわからない。

——駄目だろ。仕事なんだから。

私情で落ち込んだりサボったりしている場合ではない。そう思っても、どこかで〝由上のほうが、きっと効率よく調査できる〟と思ってしまう。

——由上なら、群れてくる女子たちにさりげなく手伝ってもらうとかもできそうだよな。

喧嘩別れしちゃった元カノを捜してるんだ、内緒で見つけたいんだけど協力してくれないかな……とか、そんな名目をすらすらとでっち上げられそうだ。

——思いつくだけなら、オレだってこういうの考えられるのに。

でも、自分だとこの案は実行できないともわかっている。彼女たちからも反感を買うだろうし、色々と下手くそだから、うっかりしたらアリシア・ドーンズ本人に、捜していることを気づかれてしまうかもしれない。

自分が動かないほうが、むしろうまくことが進むのではないか……そんな気持ちにさえなる。

眩しい金色の夕焼けの中を鳥が飛んでいった。ヨルは〝きっと、モニターされているアイルランド諸島のどこかでも、この鳥が飛んでいるんだな〟とぼんやり思った。

カチッと音がして、重い鐘がゆっくりと左右に揺れ始める。鐘の音が空に響いて、外にいた生徒が食堂に向かって走り出す声が遠く聞こえた。

ヨルは、そのまま蹲《うずくま》っていた。

9. お夜食

由上は、夕食時の食堂にヨルがいないことに気づいて、さりげなく伝書蝶をヤカンに送った。練習試合に苺たちが見学しにきていたから、もしかするとそのことと関係があるのかもしれない。

――魔法を教えるのがうまくいかなかったのか？

彼女たちが〝教えてほしい〟と寄ってくるのはただの口実だ。実際には習得しているけれど、話すきっかけとして〝できない〟と言っているだけなので、相手がヨルに代わったとたん〝じゃあいい〟とやられたのかもしれない。

イケメンかイケメンでないかというなら、ヨルも充分イケメンだ。だが、男女分け隔てなく面倒を見てしまうヨルは、どうしても女性から〝いい人〟枠に入れられてしまう。恋愛対象にならないのだ。そのうち女性を扱い慣れていない緊張感が伝わってしまって、〝頼りないヘタレ〟という烙印《らくいん》を押されてしまう。ヨルが、顔がいいのに長らく童貞（今もだが）だというのは、だいたいこの辺が原因だと思う。

しかも本人が女性に対して苦手意識があるから、女性の側もそれを敏感に感じ取る。普段はそれでも問題がないけれど、何か躓《つまず》きがあると、その弱点が顕著に人間関係に響いてしまう。

一度テーブルに着いたら、食べ終えるまで席を立たないのがこの学校の食事マナーだ。寮が違う自分はウィスタリア寮のテーブルに行くことができず、ただヤカンが蝶に乗せてくる返信を待つしかない。そして戻ってきた蝶には、〝何か、苺ちゃんとトラブルになったらしい〟としか書かれていなかった。

――ま、ヤカンじゃそれ以上はわからないだろうな。

由上はテーブルの中央に置かれたかご盛りのフルーツから林檎《りんご》を、自分の食事からバケットとチーズを選んで紙ナプキンに包み、内ポケットに入れた。

食堂を出る前に、壇上側の寮長席に座っているウィスタリア寮の寮長に声をかける。

「ヨルの姿が見えないんですが、具合でも悪いのでしょうか……ノートを貸してるんです」

「ああ、食事にはきていないようだな。今日中に必要なら、あとで本人から私が受け取っておく。〝鳥配達魔法〟で届けるから、君の寮と名前を教えてくれたまえ」

「モルフォ寮の由上です。私がそちらの寮に受け取りに行っては駄目ですか？」

貴公子然とした寮長は、ノーブルな表情で「残念ながら、規則でね」と言う。

「寮を跨《また》いだ行き来は、交流日以外できないんだ。フクロウを使って送るまで待ってもらえないか」

校則には夜間の外出は禁止と書かれていた。寮監が就寝時にそれぞれの自室に戻っているかをチェックしているから、さすがにその頃までには居場所が突き止められるだろうと思っていたら、寮長は意外なことを言う。

「でも、寮にいるとも限らない。今日中に返せるかどうかは保証できないけれど、いいかな?」

「それは、ヨルが無断外泊する可能性があるということですか?」

寮長は困ったように苦笑する。

「そういうわけではないよ。就寝時間までに戻ってこなかったら私が捜しに行く。ただ、『魔法の島』はどこでも安全が保証されているからね。無理やり連れ戻すというのは、あまりしたくないんだ」

――安全上、位置情報はモニタリングしているんだろうしな。

「そんな時間まで戻らないとしたら、何か悩みなどがあるのかもしれない。もし捜しに行くことになったら、彼とじっくり話をしてみる。ノートのことは、話をする中で聞けたら聞いてみるという程度になってしまうかもしれないが……」

寮長はAIでもなく、一般ユーザーでもない、このシステムを運営する会社のスタッフが務めている。彼らの仕事は生徒をガチガチに管理することではなく、安全を保つことなのだろう。あまり無秩序にやられても困るが、ユーザーは大事なお客様でもある。命の危険がない限り、本人の気持ちを重視するという方針らしい。

――意外と、管理はゆるいのか。

「ノートは、どうしても今日中に必要?」

「あ、いえ。間に合ったらでいいです。もし彼が戻ってきたら、フクロウ便でお送りください」

由上は、軽く礼をして食堂を去った。

もしヨルが寮に帰っていなかったとしたら、鐘楼かもしれないと思って、由上は夜の塔に登った。鐘楼は夜間下からライトアップされており、塔の内側より外側のほうが明るい。上がってみると、やっぱりヨルが座り込んでいた。

鐘が見えるアーチの部分に座って、夜空を見上げている。近づくと、銀色の髪が動いて振り向く。

「……由上」

「差し入れだ」

隣に並んで座り、ポケットから林檎とバケット、チーズの包みを差し出す。ヨルは小さくごめんと呟いた。

「何があった？」

さりげなく聞いたつもりだったけれど、ヨルは黙って頭を横に振るだけで答えない。けれど俯き加減になったヨルを抱き寄せようとして、ヨルが、口を開いたら泣いてしまうから黙っているのだと察して手を止めた。

一生懸命、口を引き結んで顔をしかめ、涙をこぼすまいとしている。由上は、ヨルのプライドを守りたかった。彼は〝泣く自分〟を見せたくないのだ。

眼下は黒々と横たわる湖と、島から渡された橋の灯り、小島のように浮かぶそれぞれの寮のライトアップで、まるで宝石のような華やかさだ。

夜風が時々ふたりの髪を嬲《なぶ》っていく。しばらくそうしていたら、どうやら落ち着いたらしいヨルが少し鼻声で口を開いた。

「心配させて……ごめん」

「寮長も、心配してたぞ」

「……うん」

そっと腕を背中に回すと、ヨルは寄りかかる代わりに背中を丸めた。拒みたくないけれど、寄りかかることもできない……そんな心情が態度に現れたようで、由上も強く引き寄せられない。

「オレも……グラビティ・ウオーのクラブチームに入ろうかな」

そのほうが、他の寮の人とも接触できるし……とヨルは言う。それが、放課後クラスに残って苺たちと顔を合わせなくて済む、合理的な言い訳だというのは由上にもわかった。

うまく、彼女たちをやりすごせなかったのだろうなと思う。苺たちからすれば、ヨルは由上に近づくのを邪魔する悪役だ。

なんと言ってやるのが正解だろう。

——俺のためにやってくれたことだからな……。

しかも、調査上便利だからと、自分も女性たちに愛想よく接していた。ヨルが焼きもちを嫉いてくれるのを嬉しがったのも事実だ。すまないと謝るのも、自分のために……と言うのも違う気がした。

黙っていると、ヨルが預けたノートを返してくる。

「オレのほうの進捗が遅れててごめん。急いで挽回するから」

「焦るなよ」

ぽんと頭を撫でる。仕事だから、できなくてもいいとは言えない。せいぜい励ますくらいしかしてやれないが、ヨルはどうやら何かを吹っ切ったようだ。ちょっと涙目の名残があったけれど、ちゃんと顔を上げて向き合ってくれる。

「うん。でも、追いつかなきゃ」

由上のやり方とか、コツとか教えてくれる？　と聞かれて、寮の談話室や就寝前など、何人かまとめて話せる場所で使える小技を紹介した。

「〝アリシアかもしれない人〟を捜すんじゃなくて、まず〝該当しない人〟を確認するほうが効率はいいんだ。例えば、〝この中で犬を飼ってた人いる？〟とか〝妹がいる人は？〟みたいに振る。そのあとの話題は兄弟あるあるでもいいし、犬好きあるあるでもいい。少なくともこれで、〝ひとりっ子でペットを飼っていない〟アリシアとは別人だと判断できる」

「……そうか」

さすがだな、とヨルは目を見開いて言う。もう、完全に〝追いつこう〟と食いついている感じだ。苺たちとのトラブルが解決できるのかはわからないけれど、ヨルの気持ちが前向きになっていることにほっとする。

さらに、食事の時に、食材から話題を広げてどこの国からログインしているか確認する方法や、登校途中で天気の話題から季節の話題、気温の話題に移行させて、気象条件からどのあたりの地域に住んでいたかを確認する方法なども教える。

「雨が多いと言われたら、〝梅雨？　それともスコール？〟みたいに、選択制にして聞きながら幅を狭めていくんだ。最後に念を押して〝じゃあもしかして日本？〟とか聞けば、確実に出身国を摑める」

確認後の会話は、同じ国だねとかその国に興味があるとか、どのようにでももっていける。もちろん、本人が警戒して嘘をついていたらどうにもならないが、とりあえず第一段階としてさりげない世間話で該当しない生徒をどんどん除外していく。逆に少しでも引っ掛かる部分があったら、その相手とじっくり話す機会を作って詳細に詰めて確認する。

「お前、わりとひとりずつ丁寧に近づいて確認してただろ」

「うん……」

もちろん、そのやり方も間違ってはいない。見落としや、本人が誤魔化した場合でも違和感を見つけやすい。でも、調べる人数が多い場合は、ある程度効率的にふるいにかけたほうがいい。

「最初から、由上に教えてもらってればよかったな」

バカだったなあと反省しているヨルに、由上は笑いかけた。

「今からだって充分間に合う」

ヨルのやり方を確認しなかった自分のミスでもあるのだ。そう言ったら、ヨルは真剣な顔をして居住まいを正した。

「そんなことない。これはホントにオレが悪いんだ。ごめん」

がばっと頭を下げてから、ちゃんといつものヨルに戻って拳《こぶし》に力をこめる。

「落ち込んでも、前に進めるわけじゃないからさ。追いつくから、追いつくまで見てて」

「ああ」

「そうと決まったら、腹ごしらえだ」

腹が減ったと林檎に齧りつく。ヨルの笑顔を見られるのが嬉しい。

「へへ……メシ抜きだと、なんでも美味《うま》いね」

「消灯時間までに戻ろう。でないと寮長に捜しにこられる」

「マジか……」

苺たちと何があったのか、聞きたいけれど黙った。それはきっと、ヨルの中で解決したら話してくれるだろう。だが、ヨルは帰る前に一つだけ気になることを口にした。

「由上さ、もしかしてオレのために、クラスの女子になんか根回しとかしてくれてた？」

「いや？　何も言ってないが……何か言われたのか？」

「ううん……そうだよね」

重ねて聞いても、〝いや、もしかしてと思ってさ……〟と誤魔化されてしまう。

——本当に、苺たちだけの問題だったのか？

10．空中で魔法で戦うあのゲーム

〝グラビティ・ウオー〟は、空中で戦うゲームだ。一チーム十一人編成で、魔法を使って飛び回りながら、ゴールの数を競う。

——って聞いたら、フツー、箒《ほうき》に乗って飛び回るアレを想像するだろ。

「ヨル！　ちゃんとバリアを張れよ！」

「わかってますよ！　う、うわあ」

このゲームのポジションは全部で三つある。〝指令〟〝兵士〟そして〝球〟だ。

球の役を担う選手は、専用のボタンを握って両手両足を広げ、自分の心臓から均等にエネルギーを放出するイメージを浮かべる。すると手足の先を繋げた完全な球の形でバリアが張れるという仕組みだ。ただし、それでできる〝球〟は本当にサッカーボール並みの扱いを受ける。ヨルはエーテル寮の上級生から杖を向けられ、呪文とともにゴールポストに向かって発射された。

「っ…………」

グルグルと高速回転して、言葉にもならない。とにかく張ったバリアを維持するのに全力を出した。

――やたら運動神経を気にしてた理由はコレかよ……。

チームに入りたいと門を叩いた時、魔法能力そっちのけで身体テストばかりやらされたのだ。クラブチームはいくつもあるから、どうせなら最強のチームがいいと思って選んだらこのざまだ。

「ヨル、避けろ！」

「わっ！」

敵チームの〝兵〟から迎撃がくる。基本はサッカーとかクリケットが3Dゲームになったような空中戦なのだが、ボールを蹴る代わりに杖で魔法陣を張る。

呪文とともに青い円陣が広がり、これにぶつかると球が跳ね返されるのだ。〝球〟役はそれを察知して、円陣が広がる前にシュッと手足を縮める。すると身体ごと小さくなり、球の直径は最小で野球ボール程度になるので、うまくいけば魔法陣にぶつかるのを避けることができた。指令役は、寮長が持つ重力操作器に似た装置で、兵士たちを自在に配置できる。そういう意味では立体チェスにも似たゲームだ。

このゲームで最も〝道具〟なのが球の役で、今空いているポジションはこれだけだという。

——すげー貧乏くじじゃね？

こんなことだと知っていたら、他のチームを選んでいた。

——由上は、初級生でも兵士のポジションをやってるのに……。

なんという不運だと憤慨しながらグルグル回る。ドーンと強い衝撃がきて軽快な音とともに止まると、チームから歓声が上がったので、ゴールポストに落ちたんだなとわかる。

「うまいぞヨル！」

バリアを解くと、そこは透明なガラスでできた巨大な優勝カップみたいなところだった。〝指令〟の賞賛がマイクを通したように場内に響いて、重力操作でヨルを浮き上がらせてくれる。カップから出されると、ふわりと地上に下ろされた。

「身体テストの点が高いから、できるとは思ったが……これでウィスタリア寮の生徒なのか」

「まだ初級クラスだろ？　将来有望だな」

「はあ……」

チームの〝兵士〟ポジションの生徒たちが次々中空から下りてきてヨルの肩を叩く。最後にひときわ大きな宝石を先端につけた杖を持つ、〝指令〟が近くまで浮遊して下りてきた。

「初回でここまでできた生徒は初めてだよ」

普通はああなんだ、と地上に転がっているいくつもの〝球〟に目をやる。バリアを張った球役の生徒を、上級生がゴロゴロとゆっくり芝生の上で転がし、感覚を掴ませるらしい。

——いや、オレもあのレベルからやってくれて全然かまわなかったんですけど。

荒っぽい歓迎だったが、でも賞賛は本当だったらしくて、レギュラーメンバーは、〝今回は勝てるかもしれない〟と興奮している。

「でも、そもそもエーテル寮は実力派揃いなんじゃないですか？」

グラビティ・ウオーのクラブチームは、全部で十ほどある。どの寮にもオリジナルチームがあるけれど、やはり攻撃魔法を学ぶエーテル寮はチームが乱立しており、憧れて他寮から入ってくる生徒も少なくない。

このチームも、全員体格がよくて運動神経も抜群だ。体形はアバターだからいくらでも変えられるけれど、運動神経や身体能力はもともとの素質が影響する。いくら拡張できるといっても、元の身体がちゃんとしていなければこれほどのスペックは出ないだろう。けれど、エーテル寮はほとんど優勝したことがないのだそうだ。

「だいたいバリオン寮が一位だ。あれだけオプション装備を揃えていれば、素人だって勝てる」

一般の生徒では買えない高性能《ハイスペック》なアイテムを買えるからだ。

「そんな……それってフェアじゃないですよね」

トーナメントすら課金がものを言うのは、さすがにおかしいのではないかと思うのだが、マッスル系イケメンのチームリーダーは、バリオン寮のあるほうを睨んで言う。

「金にあかせた奴らに実力で勝つ……それがエーテル寮の誇りなんだ」

「……」

広大なフィールドは、古代の闘技場ローマ・コロッセオの遺跡に似せてある。グリーンの芝生を、五階建てのアーチ型をした壁がぐるりと囲み、天井はない。

「俺たちは勝たなければならないんだ。それ以外に生き残る道がないから」

妙にシリアスだなと思ったら、彼らは〝特待生〟を狙っているのだと教えてくれた。

「ここに長居できるほどの資金がないんだ。早めに特待生に昇格しないと、ログアウトすることになる」

特待生は進級が早まるだけではなく、奨学金の付与も条件に入っているのだそうだ。高額な維持費を払えない生徒は、なんとしてもスカラーの資格を手に入れたいらしい。

「そんなにまでして、どうして……」

たかがゲームだ。魔法といったって現実の世界では通用しない。けれどチームメンバーのひとりはにこやかに答えをくれた。

「もちろん、プロになるためさ」

——プロ？

プロゲーマーだよ、と爽やかに言われる。そして人差し指を口元に当て、内緒だと囁かれた。

「僕はそもそもスカウトでのログイン組なんだ。特待生になれたら、プロゲーマーへの道が開かれるからね」

一般の生徒は知らないだろうから、スカウトのことはあまり触れ回っちゃ駄目だよとまで念を押された。けれど、周りにいるチームメイトは驚いていない。

「エーテル寮では公然の事実さ。でも、こういうゲームに興味のないモルフォ寮とか、薬いじりが好きなウィスタリア寮とかだと、知らない人のほうが多いんじゃない？」

「はい、たぶんみんな知らないと思います」

——寮が分かれているのは、そういう理由でもあるのか？

さらに属性を寮ごとに分けているのに、チームが寮を跨いで編成されている理由も教えてくれた。

指令役のリーダーが言うには、身体能力だけで選ぶと勝てないらしい。

「動物や昆虫魔法が好きなモルフォ寮の子は、根っからのゲーム好きが少なくない。何かを使役することが得意だということは、兵という駒を上手に扱えるということなんだ。身体能力が劣っていても、重力操作器を使いこなせれば指令として戦える」

ただモルフォ寮も、バリオン寮ほどではないが富裕層の子弟が多いらしい。経済的に余裕がある生徒だと、〝お遊び〟で終わってしまうことも少なくないのだそうだ。

「その点、我が寮は金こそないが志《こころざし》の高いメンバーばかりだ。金持ちの道楽になぞ、負けるわけにはいかない」

「あの……そうするとウィスタリア寮って」

最も貧乏……もとい、エコノミーなコースを選んだ生徒の集まりということなのだろうか。おそるおそる聞くと、リーダーは笑い飛ばす。

「まあ、みそっかす集団だな。いいんじゃないか？　だって、引きこもってホレ薬だの眠り薬だのを作るのが趣味なんだろ？　誰も戦力になるかどうかなんて期待しないさ」

——いや、そんな子ばっかりじゃないけど。

でも、隅っこ感があるのは確かに否めない。リーダーは〝お前は別格だよ〟とフォローしてくれるけれど、ガツガツ感のある上昇志向全開のエーテル寮より、ほんわか・のんびりしているウィスタリア寮のほうが自分は好きだ。


モルフォ寮のクラブチームに入っている由上も、隣の練習場から様子を見にきてくれた。

「よかったな。エーテル寮で一番強いチームなら、トーナメントで優勝を狙えるじゃないか」

「へへ……でも、球の役だけどね」

「初級生なんだから、普通のことだ」

「そうなんだけどさ……」

本当は由上のように兵士の役がやりたい。

——でも、これなら放課後に苺ちゃんたちと顔を合わせずに済む。

教室でも、捜索のためという名目で他の生徒と話したりして微妙に接触を避けている。弱腰だと思うけれど、同時にグラビティ・ウオーに参加すれば、他の寮の生徒とも関わる機会が増えるので好都合だと思う。

「由上のチームと、練習試合とかできるといいよね……ん？」

——なんだ？

急にパシッと足元に青い魔法陣が広がって、ヨルは思わず目を瞑《つむ》った。由上は苦笑いして杖をしまう。

「ああ、悪い……まだ制御がつかない時があるんだ」

——ああ、由上が放ったのか。

「由上でもそんなことがあるんだな」

くすっと笑っている由上に、親近感が湧いてしまう。球役で目を回している自分がみっともないと思っていたけれど、由上だってまだまだ初級生なのだ。

「頑張ろうね！」

「ああ……」

由上がさりげなく肩に手を回して帰ろうと促す。

——わ……。

嬉しくてドキドキするけれど、誰かに〝あいつら、デキてるんじゃね？〟と言われそうで、つい挙動不審になってしまう。

「よ……」

「別に、おかしくないだろ？」

友だちなんだから……と、先を読むように由上が顔を近づけて笑いながら囁く。久しぶりに見る由上のアップに、ヨルはカーっと顔を赤らめた。

「う……ん、そうだよね」

——友だち同士だって、このくらいくっつくよな。アリだよな。

「へへ……っ」

首のあたりに由上の腕の体温を感じる。ヨルは照れ笑いしながらその感触を味わって、フィールドを出た。

ちらりと由上がフィールドの向こうを見た気がした。

11. 小悪魔少年とバリオン寮長

由上はヨルをクラブチームの先輩に返し、自分のチームに戻ると見せかけて校舎の二階に行った。先刻の攻撃の角度から考えたら、狙撃者はこの高さにいるはずだ。

二階は特別教室だ。痕跡だけでも調べられないかと思って向かったら、閉鎖されているはずの部屋のドアが開いていて、窓際にルカが待ち構えて立っていた。

——やっぱりコイツか……。

「なんの真似だ」

最初から胡散《うさん》臭い奴だと思っていた。魔法陣が張れるように、ポケットにしまっていた小さな杖を握ると、ルカは〝攻撃の意思はない〟と示すかのように、オプション装備が山ほどついたきらびやかな杖を目の前に差し出して、ジャケットの内ポケットにしまい、両の手を見せた。

「ヨルさんを狙ったら、絶対由上さんがくると思ったんです。由上さんは、ヨルさんを大事にしているから」

由上はルカを睨みつけた。ぬけぬけと言うルカの態度にも腹が立つが、それ以上に〝ヨルを狙えば由上が動く〟と認識されていることに危機感を覚える。

ヨルが自分のせいで危機に晒《さら》される……自分が一番恐れていたことだ。

「本気で狙ったわけじゃないのは、わかっていただけたと思うんですけど」

「……」

「ふたりきりで話したかったんです」

――〝ルカ〟は本名なのか？

マントのようなジャケットに、ガーターで黒いニーハイソックスを止めた少年は、にこっと笑っているけれど、それはヨルに見せたような笑顔ではなく、小悪魔的なそれだ。

「由上さんに、いい情報をお知らせしたくて」

――このガキ……。

やはりヨルに見せていた可愛いそぶりは演技だったのだ。しかも、小技が通じない相手には直球でくるあたりが小賢《こざか》しい。

「人を捜してるんですよね？」

「どこからの情報だ」

「ヨルさんに聞いたんです」

ヨルもプロだ。仕事の内容を軽々しく漏らすことはない。しらじらしい嘘だが、由上は反論しなかった。

――それに、コイツが本当に末弟のルカなら、はじめからこの仕事自体、仕組まれていた可能性がある……。

沈黙は納得と受け取られたらしく、ルカは饒舌《じょうぜつ》に話し出す。

「生徒ひとりひとりに当たって捜すなんて大変じゃないですか。もっと簡単に見つける方法があるんですよ」

――目的はなんだ？

ルカが仕組んだことではないはずだ。絶対、後ろに誰かがいる。それが長兄なのか次兄なのか、由上としてはそれを見極めたかった。黙って好きなように話させてやると、ルカは目的に誘導するように話し始める。

「知ってました？　先生方だけじゃなくて、各寮の寮長は運営会社が直で雇っている従業員、つまり社員なんですよ」

由上が黙っていればいるほど、ルカにとってはことが順調に進んでいるように映るのだろう、得意気な顔になっていく。

「もちろん、個人情報ですから、寮長たちに〝人を捜している〟と言っても教えてはくれません。会社の信用問題になりますからね。でも、バリオン寮の寮長だけは別です」

寮長の座を、ぼくの姉が買収して手に入れたんです……という。

――姉……エレオノーラか。

「バリオン寮長は特別です。同じ社員でも、このポジションだけは運営会社が〝お預かり〟している御曹司《おんぞうし》やお嬢様たちが就任する。前任の方も、さる企業のご令嬢でした」

バリオン寮は魔法特性で選別されているわけではなく、寮生は全員、最上級のブラックコースの生徒たちだ。本物のアラブ王族とか、某貴族の子弟などもログインしているという。それに、本人以外にも世話を焼くメイドやアシスタントを連れてきていることが少なくない。だから、あの寮だけは上層部の直轄下にあるのだとルカが明かしてきた。

「つまり、多少のコンプライアンス違反も揉み消してもらえるわけです。捜している人がどこにいるのか、姉なら一発で見つけられるんですよ」

「……」

「どうですか？　ぼくなら、バリオン寮長のところにご案内できますよ」

ルカの役目は、エレオノーラのところに自分を連れていくというものなのだろう。

――どう動くべきかな。

餌をぶら下げてきているのだから、エレオノーラはバリオン寮に誘い込みたいのだろう。仮にこの場で断ったとしても、なんらかの方法で誘導してくるに違いない。そのたびに、ヨルが危険に晒されることになる。

「……いいだろう」

なるべく早く決着をつけたかった。

——事情を知ったら、ヨルは絶対〝オレも手伝う〟と言いだすだろうからな……。

だがこれは探偵事務所の仕事ではない。自分の個人的な問題だ。だから、ヨルに気づかれないうちに終わらせたい。

いざとなったら、ルカを盾にしてどうにかする。向こうもそのくらいは織り込み済みかもしれないが、何もないよりはマシだ。

「では行きましょう」

ルカは満面の笑みを浮かべて、由上を先導した。


本島と橋で繋がれている各寮は、それぞれの特性に沿った外観をしている。バリオン寮は艶やかに黒光りする壁に、金で縁取られた窓や屋根の豪華な寮だった。中に入ると、鏡のように磨かれた黒大理石の床と凝った装飾の柱と梁《はり》に囲まれて、ラピスラズリやサファイアのような、青い天井が見える。全体的に、鉱物を基調としたデザインだ。

ルカと自分の姿を見つけると、サングラスをかけた奇妙な生徒たちが一斉に頭を下げて回廊の両脇に引き下がる。そのあとで後ろについてくるので、彼らがデナーロの部下なのだと推測できた。

寮長の部屋は最上階にある。柱ごとに燭台《しょくだい》があしらわれたクラシカルな仕様の部屋に入ると、窓を背に、ひとりの青年が座っていた。

――エレオノーラか……。

リアルのエレオノーラは二十二歳の女性だが、仮想空間ではどんな姿にでもなれる。

銀灰色の長い髪をリボンで後ろにまとめ、黒地に銀縁の装飾をあしらった制服を着た寮長は、十八世紀あたりの青年貴族のようだ。エレオノーラは、深紅の天鵞絨《ビロード》張りのひじ掛け椅子で脚を組み、ルカと由上を睥睨《へいげい》するとおもむろに口を開いた。

「ご苦労だった、ルカ。下がっていいぞ」

「！」

部屋の両脇にいる部下がわずかにスタンスを変える。走り出す体勢だと察知して、由上はエレオノーラが言い終わらないうちにルカの胴を摑み、頸動脈《けいどうみゃく》近くに杖の先端を宛《あて》がった。喉元を見せつけ、駆け寄ろうとする部下たちを制止する。

「動くな。刺すぞ」

「……」

部下たちの様子からすると、エレオノーラはまずこちらを捕縛する気だ。

――交渉以前の問題だな。

ルカを人質にし、正面のエレオノーラと対峙《たいじ》する。

「話がしたいなら、部下を下がらせろ」

エレオノーラは表情も変えず、冷淡に言った。

「殺《や》りたいなら殺《や》ればいい。だが、お前の同僚の山之口夜も、無事でいると思うなよ」

「その言葉をそっくり返してやる。ヨルに手を出してみろ、ルカだけでなくお前の命も含めて贖《あがな》うことになるぞ」

高い代償になるが、その覚悟はあるのかと問う。こちらも本気だ。仮想空間だけではなく、リアルの世界に戻っても、必ず息の根を止めてやる。

沈黙の睨み合いが続いたあと、エレオノーラが口を開いた。表情を変えないあたりは、確かに肝が据《す》わっていると思う。

「いいだろう。サシでの話し合いにしてやる。お前もルカを放せ」

「なんの保証もなしで解放はできない」

「……」

美しい青年貴族の表情が歪《ゆが》む。だが、口約束程度で人質を手放すわけにはいかない。エレオノーラは部下に全員退出するように命じ、ルカに設定ボタンのついた杖の提出を言い渡した。

「オールユーザーの設定にし直して、床に置け」

つまり、個人の杖ではなく、誰でも扱える杖にしろということだ。ルカは言われた通り設定を呼び出し、杖のユーザー設定を解除してから、艶光りする床に置いた。

「スペックを確認するがいい。そのお荷物を抱えているより、数段防御力がある」

エレオノーラは〝これで満足だろう〟という苦々しい顔をする。由上は杖を握り、性能を確かめてからルカを放した。

「ルカ、お前も部屋を出ろ」

ルカは黙って首のあたりを押さえている。本気で刺すつもりだったから、杖の先端が食い込んでかなり痛かったはずだ。だが所詮は仮想世界の疑似信号なので、怪我を負ったところで死にはしない。

「聞こえなかったか？　部屋を出ろ」

「……はい」

ルカが唇を噛み締めて指示に従った。手柄を立てたつもりだっただろうから、人質にされたのも、退場を命じられたのも屈辱だろう。エレオノーラは弟が出て行ってから、いまいましい、と呟いて息を吐いた。

「足手まといが……」

「……」

エレオノーラに、直《じか》に会ったことはない。だが、彼女が早くから才気を振りまき、ドンの血を引いていることもあって弟よりずっと跡取り候補として期待されてきたのは知っている。

調査報告書によると、エレオノーラは学生の頃から母方の実家の財力をフルに使い、かなり手広く事業展開していた。

デナーロ家は伝統的なマフィアの家系だから、家業のルーツは密造酒と麻薬で、法に適応した現代では金融と商取引が基幹事業だ。

だが、エレオノーラは己の興味の赴くままにアパレル関係をはじめ様々な企業を買収してブランドを立ち上げ、そのセンスと才覚で収益を上げた。資金力があるから、やりたいと思ったら一気に原材料から工場、流通までをワンストップで整備できるのだ。兄たちにはない新規の分野を切り開いているので、今のところどの兄弟とも大きくぶつかってはいないという。

ただ、事業の方向性のためか、日本進出を視野に入れているようで、かねてから由上にそれとないアクセスがあった。すべてきっちり退《しりぞ》けていたのだが、どうやら諦めてはいなかったらしい。

エレオノーラは、どことなく長兄に似た眼つきで由上に宣告してくる。

「単刀直入に言う。私の傘下に入れ」

「断る」

過去に、これと似たやり取りをしたことがある。ドンが死んだ時と、長兄が跡目を正式に継いだ時だ。跡目の決定と同時に、どうやら自分もデナーロ家の一員と見做《みな》されたらしく、反対派は消そうとし、賛成派は取り込みに走った。だが、デナーロへの戸籍の移動は正式に断っている。

「マクシミリアンは未だにお前を恨んでいる。私の傘下に入れば私が安全を保証してやるが、断ればお前はいずれ兄たちの餌食《えじき》になるだろう」

「兄弟喧嘩ならよそでやってくれ。巻き込まれるのはごめんだ。自分の身は自分で守る」

その当時、自分も子どもだったが、異母兄弟たちも同じように未成年だった。命を狙っていたのは兄弟そのものではなく、それぞれの母方の親族だ。兄弟で直接争うことも、話すこともなかったはずなのだが、次兄からはなぜか恨まれ、エレオノーラもしつこく絡んでくる。

「そうやって拒み続ける限り、お前の〝大事な同僚〟も命を狙われるぞ」

無表情に見返したが、エレオノーラは愉《たの》しそうに唇の端を上げた。

「誤魔化しても無駄だ。私はルカを失っても痛手にならないが、お前はあの男を見殺しにできまい」

報復で私を殺すと宣言するほどだからな……とせせら笑う。

「私を見くびらないほうがいい。マクシミリアンは仮想空間に放り込んだ程度だが、私はそんな生ぬるいことはしない。〝不慮の事故〟で山之口夜を失いたくはないだろう？」

——ヨル……。

焦りは一切顔に出さなかった。だが、どう否定しても自分がヨルを犠牲にできないことは読まれているだろう。

「どうしても俺と殺し合いをしたいわけか」

「当然だ。欲しいものは命懸けで手に入れるのが醍醐味というもの……」

——ふざけた女だ……。

ヨルに万一のことがあったら、エレオノーラに報復する。その宣告は本気だし、それは相手もわかっていると思う。だが、エレオノーラはむしろ命懸けのやり取りに高揚しているように見える。

さすがマフィアの娘というべきなのかもしれないが、迷惑でしかない。

「私も本気だ。大事な山之口夜が事故に遭《あ》ったら大変だろう？」

クッと喉の奥で笑われ〝大人しくここで捕まるんだな〟と言い渡される。

「俺は服従しない。ここで身柄だけ拘束しても、意味はないぞ」

エレオノーラの瞳が妖しく光った。

「今は身柄だけで充分だ。従わぬ者を従わせる時ほど愉しいものはないからな……」

パン、と手を打って部下を呼び戻す。手には枷《かせ》と思われるものを持っていた。

「これは重力枷だ。寮長は、生徒の安全管理のためにこれで身体を拘束する権限がある」

――寮長職を奪ったのは、それが理由か。

この仮想空間で〝魔法〟と呼ばれているものは基本的に身体感覚の延長だ。騙されやすい脳の仕組みを使って、あたかも自分の身体を長く伸ばしたり、温度を上げて発火させたりできるかのように錯覚させる。

それに対して、「重力操作」だけは別ものだった。

重力とは簡単に言うと、地面に向かって引っ張られる力と、回転で外に放り出される力が組み合わさったものだ。重力があるから、地球は丸いのに滑り落ちることもなく球の上に立っていられる。逆に、宇宙空間のように重力がないところだと、人間も水もふわふわと〝浮いて〟しまう。

仮想空間はデジタルデータだから、本来重力はまったくない。だから、昔のゲーム画像やアニメなどはキャラクターたちの動きに重みがなく、髪や服がふわふわと揺れ、歩き方さえ重さが感じられなかった。

仮想空間でのビジネスが始まった当初、この「重さ」の部分にリアリティを出そうとして開発されたのが「重力係数」のアプリケーションだった。予め、材質と体積別にかかる重力を計算したアプリケーションAIをかませると、AIが自動的に画像から素材と面積、体積を測定してそこに重力系数をかける。すると、木材や鉄などの重い素材の動き方と、髪の毛や洋服のような軽い素材の動き方が目に見えて変わる。仮想空間で〝それっぽい重み〟をもたせることができるのだ。

これを応用したのが「重力操作器《グラブ》」だった。文字通り、本来設定されている重力係数を、外から操作する。重いはずのものを軽くして浮かせたり、逆に極端に重い重力にして動けなくする。

一般の生徒は魔法の修練が進んで、杖で空を飛ぶという段階でこの機能が付与された。対象になるのは杖を持つ本人だけだ。だが、寮長だけは寮生を管理するという名目で、他人の重力を操作できる。

ただし、実際の体感としては本物の重力というより、ジェットコースターなどに乗って感じる重力加速度（G）に近いと言われている。突風の中を無理に歩くような感じらしい。それでも数値を高くされてしまえば、身動きできない。

「安心するがいい。お前が大人しく従うなら、山之口夜の安全は保証してやる」

由上は抵抗しなかった。部下たちは由上の両足首に重力枷を嵌めていく。

――止むを得ない……。

相手の狙いは〝由上君良〟そのものなのだ。逆に言えば、自分がここに留まれば、一時的にではあるが、ヨルの安全は保証される。

――この女が何をしたいのか、最終的な目的を突き止めないと事態を打開できない。

拘留されている間に、目的と、諦めさせる方法を探すしかない。

操作ボタンはエレオノーラが持っている。カチリとダイヤルを回されて、由上の身体はまったく動けなくなった。鉄のかたまりを全身に被《かぶ》せられたようで、呼吸すらままならない。

「連れていけ。部屋には見張りを」

「は……」

モノのように引きずられ、由上は幽閉された。

12. 由上からの手紙

由上の姿が消えた。

授業にも出ていない。モルフォ寮の寮生たちに聞いても、姿を見ていないという。

――何があったんだ？

ヨルはソワソワしながら下校時刻になるのを待って、鐘楼に登った。だがそこに由上はおらず、柱の内側に、風で飛ばないようにノートが立てかけてあった。リストチェック用のやつだ。

ぱらぱらめくると、印字された紙が挟まっている。一応、手紙の形式だ。ヨルへ……という書き出しに続いて、潜り込める状況ができたのでバリオン寮に潜伏する、とある。

〈しばらく連絡がなくても心配しないでくれ〉

――……ウソだ。

筆跡も確認できず、ただ行方不明のまま捜さなくていいなどという調子のよい書き置きがあるわけない。だが同時に、ふたりしか知らないはずの場所に、ふたりだけでやり取りしていたノートにこの手紙を挟んでおける人物は、誰がいるだろうかと考える。

――ルカとか……？

由上はルカが近づいてくるのを疑いの目で見ていた。自分も、完全にルカを信じきれない部分がある。でも、もしルカの仕業だったとして、彼にどんなメリットがあるだろう。

逡巡《しゅんじゅん》している時、ふいに鐘の上部に止まっている鳩に目がいった。

——確か、そういう魔法があったよな。

動物を使役する〝聞き耳コウモリ〟という術だ。その辺に飛んでいるコウモリや鳩を使って集音マイクやカメラの代わりにする。

——もしかして……監視されてるのか？

試しに、さりげなくノートを別な場所に隠す……というそぶりで鳩から見えない位置に移動してみる。そっと斜め後ろに視線をやると、鳩もちゃんと鐘の上で見えるところまで追いかけてきていた。

——やっぱり……。

由上の失踪が本人の意図でないのだとしたら、救出が必要だ。ただそのためには、闇雲にバリオン寮に突進しても意味はない。まず仮想空間でこんなことを仕組むのは誰なのか、敵を突き止めてからでなければ助けられない。

——由上を狙うとしたら、異母兄弟じゃないかと思うけど……。

ノートをかばんにしまい、ヨルは鳩に気づかなかったふりをして塔を下りた。

いつもは後ろにまとわりついてくるルカを逆に捜して、相談があるという体で聞いてみる。

「由上の姿が見えないんだ。モルフォ寮にもいなくて……」

手紙の詳細を伏せ、由上がバリオン寮に行ったことだけ話した。

「だからオレ、バリオン寮に捜しに行こうかと思って」

わざわざ〝ここで待っていろ〟と言わんばかりの手紙が置かれていたのだ。もしルカが下手人《げしゅにん》だとしたら、絶対止めにかかると思ったのに、ルカはうん、うんと相槌を打っている。

——どうしてだ？

あの手紙はルカの差し金ではなかったのか……。読み間違えたかと思っていると、ルカは〝ここだけの話〟とでもいうように声を潜めて言う。

「バリオン寮は、他の寮とは違うんです。あそこは治外法権だから、もしかすると違法な誘拐とかが行われているかもしれません」

場所がバリオン寮なら、他寮の生徒が連れ去られていたとしても、他の寮長は手出しをしないというのだ。各寮の寮長は運営側のスタッフだが、バリオン寮だけはコネで入っている御曹司や令嬢がなるので、〝忖度《そんたく》〟するらしい。

——するとやっぱり、由上の異母兄弟絡みなのか？

資本に絡みがなくても、そういう事情なら潜んでいる可能性がある。ルカはこちらの疑念を煽るように話し続ける。

「たとえば他の寮の寮長が何か言ってきても、バリオン寮長が〝何もない〟と返答したらそれで終わりです。たいていのことは揉み消されてしまうんですよ」

——由上の一番下の弟の名前はルカだけど……。

もしかすると、目の前の少年は本当にデナーロ家の末子なのかもしれない。だとしても、ルカの言動は意図が読めなかった。

――オレをバリオン寮に行かせたいのか？　じゃあ、あの置き手紙は？

「ぼく、寮は移動したけれど、まだＩＤはバリオン寮のなんです」

同行者がいればセキュリティをパスして、橋を渡ることができるという。

「一緒に捜しに行きましょうか？」

「……い、いや。いいよ」

「どうしてですか？　ヨルさんだけではあの橋は渡れませんよ？」

ルカはきょとんと小首を傾げる。ヨルはなぜだか背筋がぞわっとした。

「ぼくが一緒に行ったほうが、断然早く由上さんを見つけられると思うんですけど」

「いや……あの手紙には、〝心配するな〟って書いてあったし、あんまり大ごとにしたら、由上にも悪いから」

――乗らないほうがいい。

由上を餌にした罠かもしれない、と思った。もしルカが本当に由上の弟だとしたら、うかうかついて行った場合、ふたりとも捕縛という事態になるかもしれないのだ。

「ちょっと様子を見てみるよ。それで、本格的に行方不明だとなったら、一緒に捜しに行ってもらうかもしれないけど」

「……そうですか」

「ごめんね、なんか……大騒ぎしちゃって」

「いえ」

ルカは残念そうに頷く。ヨルは内心で覚悟した。

――独自に調べる方法を探すしかないな。

13. エレオノーラ

黒の塔《バリオン》の最上階で、バリオンの寮長エレオノーラは、豪華な深紅の椅子に座り、ひじ掛けにもたれていた。

ガラス扉の向こうは張り出したバルコニーで、黒大理石の床には毛足の長い白ラグが敷かれ、家具の脚やドアノブなど、普段金属でできているだろうと思われる個所《かしょ》は、すべて紫水晶や孔雀石《マラカイト》ででき ている。重厚なのに鮮やかな色味が同居する空間だ。

「苦しいなら遠慮せず叫んでいいぞ。それとも声も出ないか?」

「悪趣味だな。今度はSMか……」

足に枷をつけられた由上は、足裏をぴったりと床に張りつけられて動けない。彼の身体にかかる重力はこちらで制御しているから、彼は今、通常の三倍の重力に耐えている。本当なら立ち上がることもできないはずなのに、憎たらしいことに平然とした顔を崩さない。

こういう顔をされるたびに、叩きのめしてやりたくなる。命乞いでもすれば可愛いものを、この男はどこまでも淡々と対応してくるのだ。

——ブシドーってやつ？　ああ腹立つ。

「さっさと承諾すれば楽になれるものを」

「何度も言っただろう。お前の野望に付き合う気はない」

「これだから、島国育ちは……」

野心というものがないのかと呆《あき》れる。

由上には、さんざん自分の陣営に入ることのメリットを説いた。そもそもデナーロ家は由上がドンの息子のひとりであると認めているのだし、探った限り、母方の実家とも関係は悪くない。やろうと思えばいくらでも覇権を握れる側にいるのだ。なのになぜ、東洋の小さな島で、人に雇われて糊口《ここう》を凌《しの》ぐ生活を選ぶのか理解に苦しむ。

——才能、実力、容姿……キミラ兄様はロレンツォ兄様にも引けを取らない資質を備えているのに。見ていて歯がゆい。だからどうしても自分の傘下に入れて活躍させたい。それに、由上を手に入れれば自動的に、日本が兄妹内で自分の覇権エリアになる。

日本を手に入れたいのだ。

由上の一族を突破口にして財界に斬り込み、デナーロの資本を日本に投入したい。エレオノーラはその先にある未来に胸を焦がした。

——まずタカラ●カを買い上げるわ。次はいくつかの劇場とコンサートホール。アニメ制作会社……。配給だって映画会社ごと買い上げてやる。

そうしたら、あとは自分の野望次第だ。アニメ化したいと思った漫画は全部自分の息がかかった会社で制作させる。舞台化も、資本を握ればキャスティングは思いのままになる。自分の大事な推しを、最高の演目で主役に据えてやれるのだ。

——推しが推しの役を演《や》る……なんて神設定なの。

その日を想うだけで息が止まりそうなほど陶酔する。だが、エレオノーラはそれを顔には出さなかった。どんな野望も、まず由上を自分の配下に置かなくては始まらない。

——マクシミリアン兄様に嗅ぎつけられる前に決着をつけなければ。

あのバカは由上を殺すことしか考えていない。だからとにかく由上を説得しきるまで、とこの仮想空間に引っ張り込んだのだ。

「まあいい……」

エレオノーラは、最高にクールな笑みを浮かべて宣言してみせる。一度、長兄ロレンツォのように覇者的なイケメンとして振る舞ってみたかったので、アバターは理想通り美しく残忍な青年だ。

「お前がうんと言うまで、山之口夜はせいぜいこの島で楽しく遊ばせておいてやる」

一番心配しているであろう相手についてほのめかすと、由上の鋼《はがね》色の瞳がぎらりとこちらを睨む。

——ああ、ゾクゾクする。これよ！　こういう反応が欲しかったのよ……私、もしかしてM属性なのかしら。

不覚にも睨まれてキュンとしてしまった。苦悶させるより、怒らせたほうが由上はセクシーだ。

——やっぱりこの方向で攻めたほうが、キミラ兄様はいい顔をするわね。

「早く私に服従を誓うんだな。そうしたら、この重力枷を外してやる」

「……」

無理をかけすぎてVSSにいる本体にダメージを与えると、この世界に置いておけなくなる。エレオノーラは重力を二倍に戻し、部屋の脇に控えている部下に命じる。

「連れて行け」

「は……」

由上は大人しく自室に引きずられて行った。抵抗しなければしないで、それも不安だ。

――まさかとは思うけど、本体のほうは大丈夫でしょうね。

仮想世界での怪我や生死は、基本的にダミー情報だ。銃撃戦で被弾すれば当然痛みの信号は出るし、流血にはそれにふさわしいバイタルサインが電気信号でスーツに伝わるが、あくまでも信号でしかないので、VRスーツをまとった肉体のほうにダメージは出ない。だが、痛みの度合いをどのくらい強く伝えるのかは、その仮想世界を設計したプログラマーによって匙《さじ》加減が変わるので、やはり少し心配だ。

――鞭《むち》とかで痛めつけるやつを選べばよかったわ……。鞭傷とかだったら格好いいもの。

つい調子に乗っていたぶってしまうが、傷ならともかく、由上の美しい身体そのものを壊してしまうのは自分の美意識にそぐわない。

――まあ、あとでバイタルデータをチェックしておけばいいわね。それよりルカよ。あの子、ちゃんと仕事してるのかしら。

エレオノーラは呼び鈴を鳴らして別な部下を呼んだ。

「ルカをここへ」

「は」

あの愚弟ときたら、コソコソと自分のあとをつけて『魔法の島』にログインしてきていたのだ。

――私の目を誤魔化せるとでも思ったのかしら。本当に間抜けなんだから。

〝魔法を習ってみたかったから〟などととぼけていたけれど、どうせまた姉に張り合おうとしたのに違いない。あの子は、特に理想もないくせに真似だけしたがるのだ。

――何をしてるか探りにきたんでしょうけど、追い返して兄様たちにバラされたりしたら、たまったものじゃないわ。

だから早々に見つけて締め上げた。兄たちに告げ口できないように、今は手下のひとりとしてここで使っている。今のところ、ヨルの監視役がルカの仕事だ。

――リスクを増やしたんだもの、せいぜい役に立ってもらわないと。

わざわざ目立つようなことをした罰だ。自分とルカと、ふたりもＶＳＳに入ったと知られたら、それだけで長兄ロレンツォやマクシミリアンが何か疑念を持つかもしれない。

「何か用？」

ルカはわざとらしく首に手をやりながら部屋に入ってくる。エレオノーラは、人質に取られた時のことをアピールしているつもりだろうと踏んで、わざとスルーした。そもそも、ルカが捕まらなかったらあの時もっとすんなりことを運べたのだ。

──あんたがドン臭いせいで、かっこよくキメられなかったじゃないの！

由上からルカを解放させるのに、ひと手間かかった。むしろ、むざむざ捕まった失態を詫《わ》びてほしいくらいだと思う。だが、ルカは不貞腐れたような顔をしている。

「山之口夜の様子はどうだ」

「問題ないよ」

漠然とした報告に、エレオノーラは念を押す。

「ちゃんと〝手紙〟は読ませたんだな？」

「ノートに挟んでおいたから、読んでたよ」

「〝筆跡被せ〟の魔法はかけたうえで挟んだのだろうな」

「うん。もちろんだよ」

「……」

──今、ちょっと間があったわね。

ルカはしれっとした顔をしているが、エレオノーラは一瞬言いよどんだのを見逃さなかった。渡した元の文書は印字したものだ。由上の筆跡があるノートを元に術をかけないと、それらしい手書きにはならない。

──やっぱり、監視は部下にやらせるべきかしら。

だが、下手に今から交替させると、ヨルに怪しまれる可能性がある。今のところちゃんとヨルを騙せているようだし、多少不安だがこのままやらせるしかない。

「こちらの状況には気づかれるなよ。そのまま足止めしておけ」

「……わかった」

エレオノーラはルカをひと睨みして席を立った。

14. 月夜のロミオ&ジュリエット

ヨルは由上を見つける方法を探していた。

――由上が戻ってこないのに、モルフォ寮の寮長は何も動いてない……ってことは、やっぱり由上はバリオン寮にいるってことなんだよな。

ルカの言うように、手出しのできない寮なのだろう。そうだとしたら、余計ルカの誘いに乗ることはできない。それに、ルカに問い詰めたところで素直に本当のことを話すとも思えない。まことしやかに嘘を並べ立てられても、情報がなさすぎて真偽を見破れないだろう。

――ルカに頼らず、バリオン寮に行く方法を探さないと……。

正攻法で橋を渡れないのなら、魔法を使うしかない。

――鳩をカメラ代わりに使って、ドローンカメラみたいにバリオン寮を偵察するとか……でもオレ、使役魔法って全然習ってないいんだよな。

とっくに閉館している図書館に忍び込んで、魔法書を漁る。使役魔法のやり方を書き写す他に、司書が閲覧させてくれない棚の本も確認するためだ。そこでとっておきの便利な魔法を発見できるかもしれないし、もしかすると島の全体図や寮の図面資料なんかがある棚を見つけられるかもしれない。寮に戻るのは就寝点呼ギリギリだった。できる限り調べたいからというのもあるが、ルカを避ける意図もある。

——帰れば、部屋にルカがいるしな。

強引に同室にされてしまった。時々、あとをつけられているのも知っている。だからこちらも尾行に気づかないふりをしながら巻いている。

——一応、こっちもプロだからね。ナメてもらっちゃ困る。

尾行するのも尾行を巻くのもお手のものだ。

今日もルカの追跡を振り切ってから、灯りを消した図書館で調べものをしている。だが、ふいに窓の外で影が動いた気がした。

「？」

ヨルは咄嗟に本棚の陰に隠れた。不法侵入だから見つかると面倒なことになる。様子を窺《うかが》っていると、気配はさっと図書館の周辺を確認して足早に去った。足音は明らかに訓練を受けた者の、音を立てない走り方だ。

——運営側の人間ではないはずだ。

『魔法の島』のスタッフなら、足音を消して走る必要はないし、誰かを捜すとしても、システムから位置情報を得られるだろう。密かに誰かを捜しているのなら、自分のように、ユーザーを装ってログインしている者だ。

――まさか、デナーロの誰かなのか？

由上に関わる者ではないかと思って、ヨルはそっと本を戻し、図書館の上窓から飛び出して気配が消えた方向を追う。

ちらりと翻ったマントのようなジャケットが見えた。生徒ということだ。向かっている方向が鐘楼なのに気づいて、ヨルは反対側に走り込む。

彼らが追っているのは由上かもしれない……そう思うと心臓がバクバクした。

図書館の壁をクライミングして、いくつもある尖塔《せんとう》から鐘楼に行けば、追っ手より早くてっぺんに着けるだろう。警護会社にいた時、研修を受けた軍のキャンプで教えてもらったから、パルクールとかロッククライミングとかは得意だ。

「とはいえ……けっこう離れてるな」

図書館の薔薇窓から出て屋根に登ったけれど、尖塔まではだいぶ距離がある。

――でも、たぶんこの世界でならできると思うんだよね。

魔法を習い始めてから思っていたことを試してみたかった。ヨルは目視で距離を測り、弾みをつけながら尖塔へジャンプした。勢いよく伸び上がり、同時に脳内で身体感覚の延長を意識してみる。

――杖みたいな拡張装置がなくても、原理的にはできるはずだ。

自分の指先がもっと長いと想像すると、三十センチほど先にある尖塔の飾りにそれが届く感覚を認知できた。

「よしっ」

目で見ている限り、自分の手は届いていない。けれど見えない鉤爪《かぎづめ》でもつけたかのように尖塔の飾りを摑んだ感覚がある。ヨルは引っ掛けた鉤爪を頼りに飛び移った。

——やっぱり、できるんだな。

ある程度予測はしていたけれど、実際にできるとやっぱり驚く。でも、驚きつつも急いで鐘楼を目指した。はるか下を走っている数人の姿が見えて、懸念は確信に変わっている。

——由上がいるんだ。

早く、早く……いつもなら塔の内階段を使う道のりを、外壁のわずかな継ぎ目につま先や指先をかけて飛び上がり、飛び移りながら最上階を目指す。そして息を切らして大鐘の下がる場所に飛び込んだ時、由上の姿を見て声を詰まらせた。

「由上……っ」

「ヨル！」

あとは言葉もなく抱きついた。たった三日と言われそうだが、昼も夜も心配で、片時も由上のことが頭から離れなかったのだ。

——由上……由上………。

無事な姿を見られて、抱きしめて確認できて……安堵《あんど》とともに込み上げる気持ちで腕をゆるめられない。由上が耳元で囁く。

「すまない……」

ううん、と頭を横に振る。由上も抱きしめ返して、やはり異母兄弟が絡んでいたと教えてくれた。

「これは俺の個人的な問題だ」

捜索の妨げになってはいけない……という。

「でも……」

顔を離すと、由上の魅惑的な微笑みが心を射抜く。

「大丈夫だ。向こうは俺を取り込みたいだけで、殺す気はないらしい」

ただし、ヨル自身もマークされているという。

「じゃあやっぱり、ルカは……」

「ああ、俺の義弟《おとうと》だ」

「あいつ……っ」

とっちめて陰謀を洗いざらい吐かせてやろうと思ったのに、由上は止める。

「あれを人質にしても効果はない。首謀者はエレオノーラだ」

女性ながら、デナーロ兄弟一の豪傑と恐れられているお嬢様だという。それに、目的が由上を自分の陣営に引き入れることである以上、彼女に諦めてもらわない限り解決しない。

「大丈夫だ、ちゃんと自分でカタをつけてくる。お前は関わらなくていい」

由上は、シャツの内側からペンダントを取り出した。

――あ……。

自分とお揃いの形だ。でも、由上のペンダントはラピスラズリで、濃紺の地に金の模様が入っている。ドキドキしながら見ていたら、由上がヨルの首にかけてくれた。

「これを置きにきたんだ。抜け出せるチャンスがあったから」

お前に直接渡せるとは思わなかった、と微笑んでくれる。

「俺の設定ボタンだ。映像だけで音声はないが、これで連絡は取れる」

ペンダントは鏡のような使い方ができるらしい。入れ替わりに、自分のペンダントが由上の手に渡った。

「仕事にプライベートな問題が入って申し訳ないが……」

「な、何言ってんだよ」

階下からいくつもの足音がして、追っ手が近づいたのがわかる。由上がふいにキスしてきた。そのまま由上の唇が頬を掠め、抱きしめたまま耳元で言われる。

「必ず戻る。それまでアリシアの捜索を進めておいてくれ」

「由上……」

「今は連れ戻される……残念ながら、これを外す方法がないからな」

足首を視線で示されて驚く。

――重力枷！

重力を一時的に重くして、動けなくするものだ。懲罰規定の一つとして規則書に掲載されている。

「そんな……」

「ちょっと笑えないビジュアルになるが、絶対追うな。お前は知らぬふりで捜索を続けるんだ」

「え……」

「いいな。関わるなよ」

追いかけてきた集団が、下から何かを光らせた。同時に由上の身体が氷漬けにされたように固まったまま落下していく。

「由上っ！」

事前に通告されていても、思わず叫んでしまう。真っ逆さまに落ちていく由上の身体は、青い光のネットのようなものに包まれて、制服姿の男たちによって捕獲された。

――由上……。

男たちは由上を確保すると、こちらには一瞥もくれずに去って行った。

大丈夫なのだろうかと心配になるけれど、追いかけない。

――だって……。

由上の指示が〝捜査続行〟なら、自分はここに残って、由上が戻るまでアリシアを捜し続けるべきだ。

――わかった……指示は守るよ。

「オレたちは、バディなんだから」

ヨルは、ペンダントを握りしめた。

15．萌える陰謀と野望

バリオン寮の最上階では、報告を受けたエレオノーラが気難しく眉を顰《ひそ》めていた。目の前にはずらりと部下が一列に並び、その横にルカがいる。

部下の男たちは皆デナーロ家で働いている社員たちだ。アバターなのだから好きな格好にすればよいものを、どうしても素顔を晒すことに抵抗があるらしく、魔法学校の制服を着ているのにサングラス姿だ。アンバランスなセンスが最悪だと思うけれど、一応、個人の嗜好だからと許容している。

許せないのは、報告の内容だ。

——やっぱりあのふたりはデキてたのね。

なんというシーンを見逃したのだろう。監視カメラとかで録画はしていないのだろうか。胸アツなキスなら、自分も生で見たかったのに。

——ただの同僚じゃないだろうとは睨んでたけど、そんなにおいしい設定だったなんて……。

ああ悔しい。そしてふたりが恋人同士だというのなら、今後の展開はもっと自分好みにアレンジせずにはいられない。

「……あの……エレオノーラ様？」

「黙れ、今次の手を考えている」

「は……」

——恋人なら、なおのことヨルを人質に取っておけば逃げないわね。

ヨルのほうに揺さぶりをかけるのはどうだろう。

今は由上を拉致したと思っているだろうから、敵対心を持っているに違いない。

――でも、キミラ兄様の安全を私が保証するとわかったらどうかしら？

長兄ロレンツォやマクシミリアンと違って、自分は由上擁護派だ。自分の傘下に入るほうが由上の安全が保証されるとわかれば、ヨルのほうが由上を説得してくれるのではないだろうか。そして恋人を追ってヨルも配下に収まってくれれば、由上も留まってくれるだろう。

要はヨルを口説き落とせばふたりとも手に入る。頭ではそうわかっていても、心は余計なオプションをつけてしまう。

――とはいえ、ヨルを口説き落とすまで、あのふたりは引き離しておかないといけないわね。共謀されたら大変だ。

――そうよ、そのほうがヨルが孤独になって、心理的ダメージを与えられるじゃない。由上はデナーロ家のものだと思い知らせて、ヨルを孤立させてやる。そして、そんなヨルを見て由上は胸を痛めるだろう。

――想い合うふたりが引き裂かれるのよ……なんて萌えなシチュエーションなの。

ウズウズする。口元がにやけるのを抑えていたら、表情が気難しくなってしまったようだ。部下たちが機嫌を損ねたのかとオロオロしている。

エレオノーラは威厳を保った声を作った。

「ルカ」

「はい……」

「お前にチャンスをやろう」

由上をむざむざ脱走させた罪は重い。部下たちの報告によれば、ルカが部屋の鍵をかけ忘れたせいで由上が脱出できたのだ。

――しかも、重力装置がオフになってたなんて。

偶然にしてはできすぎている。部下たちは装置には触っていないと証言しているし、やったとしたらルカしかいないのだ。エレオノーラとしては、ここでルカの忠誠心を試しておきたかった。

「ヨルを説得しろ。由上の命を保証するには、私の陣営に入るのが一番だとわからせるのだ」

そして彼の意志でここへこさせるようにと命じると、ルカは素直に頷く。

「うん。わかった」

「……」

――このみそっかすに、造反なんて大胆なことができるとは思わないけど。

だが、意図的に由上を逃がした可能性がある。ルカの背信の可能性を確かめるために、エレオノーラはルカを下がらせたあと、部下に監視を命じた。

16. 鏡越しのバディ

ヨルは寮に帰る時間を極力遅らせている。その日もグラビティ・ウオーの練習後に居残りをし、なんだかんだと消灯時間過ぎまで部屋に帰るのを引き延ばした。

ルカがいるからだ。

「……」

廊下から部屋の様子を窺って、灯りが消えているのを確認してからそーっと入る。部屋の向かいのベッドで起き上がる気配がしたけれど、わざとらしく「ふーっ」と盛大に声を漏らし、ベッドに倒れ込んだ。念のため、〝音楽を聴いてます〞を主張するために、仰々しいヘッドホンをオプションで買って装着している。

「ヨルさん……」

かけられている声は聞こえている。でも必死で〝気づいてません。練習で疲れて即爆睡です〞のポーズを取り続ける。今、ルカと向き合ってうまく芝居を打てる自信がない。

――早く諦めて寝てくれよ……。

ルカは声かけに反応しないとわかると、ベッドから出てきてヨルのほうに近づいてくる。うなだれてしおしおとしているルカの気配を背中に感じて、ヨルは顔をしかめそうだった。

本当は〝もう正体はバレてるんだぞ〞と問い詰めてしまいたい。でも、それをやっては駄目だと自分に言い聞かせている。

――この子は、異母兄妹たちへ繋がる唯一の手掛かりなんだから。

由上に待てと言われたから待つけれど、いざという時は助けに行きたい。そのためにも、今は騙されたふりを続けて、〝ただの同級生〞にしておくのがベストだとわかっている。

それができない以上、あとは〝すれ違い生活〞を演出するしかない。

学校では気まずくなった苺ちゃんたちとも、なるべく話さずに済むように、休み時間や昼食は他の寮生との会話に費やしている。おかげでアリシアの捜索は順調に進んでいるけれど、寮でも学校でも、距離感を保つ人間関係ばかりでぐったりだ。

——なんでこんなに大変なんだよ〜。

ヨルは苦行のような寝たふりを続けているうちに、本当に寝落ちした。


アリシア捜しもグラビティ・ウオーの練習もあるけれど、何よりも由上と連絡が取りたい。

「鐘楼はもうバレちゃってるしなあ……」

ルカに見つからない場所を探さなければならない。ヨルは、校舎内は無理そうだと判断して学校の裏庭へ向かった。

この島は円形だから、基本的には校舎からそれほど離れない場所で岸壁になる。だが裏庭の一部は小さな森になっていた。そこは野生動物などの生息地で、たぶん動物魔法の勉強をするために確保しているのだと思う。授業の時以外は単独で入ってはいけないことになっていた。入るなと言われている場所は、たぶんそれなりにセキュリティセンサーがつけられているだろうから、踏み込まないほうがいい。

——森が駄目だとすると……。

見回すと、校舎の一角にへばりつくようにして、小さめの温室がいくつかある。授業の時に見た大きくて立派な温室に比べると、しょぼいビニールハウスのような外観だ。

でも、見た目が映えないから誰も見向きもしない気がした。

近づいてそっと扉を開けてみる。キィと小さく軋《きし》む戸は、一応アイアンフレームだ。ハウスの素材はビニールっぽいけれど、だいぶ薄汚れているから中がよく見えない。そういうのも、ヨルにとっては都合がいい。

「おじゃましまーす……っと」

小さく声をかけて入る。どうやらここはすごく実用的な栽培をしているみたいだ。授業の時の温室のように珍しい植物がたくさんあるとかではなく、高さの異なる棚が作られていて、整然と並んだ鉢植えに植物が育てられている。

「あ、そうか……これ、授業で使う薬草だ」

教材用に育てているのだと思う。地味で面白味はないけれど、名札が挿してあって、どれがどの植物かひと目でわかる。

「？」

温室のどん詰まりのところに、さらにこんもりと緑で覆われた一角がある。小さな入り口の周りを植物が縁取るように覆っていて、ほら穴みたいだ。用心しながら覗《のぞ》いてみると、そこは二畳にも満たない場所で、天井からはいくつも鎖で植物が下げられており、正面は格子窓、左右は天井まで壁いっぱいに棚で埋まっている。棚には薬びんがずらりと並び、素焼きタイルの床にも大小の薬びんが置かれていた。

「すげー」

まるで魔女の秘密の小部屋みたいだ。棚いっぱいに並べられた色とりどりの薬びんや、机の上に開かれたままの分厚い魔法書、薬草を擂《す》るための小さな鉢。アイテムがいちいち本格的でカッコいい。

――研究室とかかな？

今は誰もいないけれど、人の出入りはありそうだ。ヨルはそっと温室を出て、温室と森の間にしゃがみ込んだ。ちょっと不安だけど、とりあえずこっちなら人はこないいんじゃないかと思う。

首にかけていたペンダントを、シャツの内側から引っ張り出す。設定ボタンは指で触ると起動して、鏡の状態になった。

「由上……」

鏡面になったペンダントトップに、由上が映っている。何か本を読んでいるらしく、真剣な表情をしていて、こちらには気づかない。

――そうなんだよな。〝鏡〟なんだもん。

ここは仮想空間だから、鏡といっても光の反射で映るわけではない。〝鏡〟と設定された面に、本人を正面から見た画像が、まさに鏡に映ったかのようにデータ上映し出されているだけなのだ。

だから、離れていてもペンダントの持ち主の正面画像が映る。でも、鏡だから音を出す必要がない。そして、こちらから由上を見ることはできるけれど、由上がヨルのペンダントを見ても、やっぱりこちらの様子を確認できるだけなのだ。双方向通信の動画ではない。

由上は勉強中なのだろうか。厳しい目線が左右に動いているから、本か何かを読んでいるんじゃないかと思う。ヨルはちょっと残念な気持ちを誤魔化しつつ、茶々を入れる。

「なんだ、ガリ勉だな」

でもこれはライブ映像だから、生存を確認できただけで安心だ。それに、クソ真面目な十八歳の由上を眺めていられるだけでも嬉しい。

「オレも、頑張ってるよ……」

気づきもしない相手に、しゃがみ込んだまま語りかける。

「球の役も、だんだん慣れてきたし……」

由上も、きっと敵陣の中で懸命に戦っていると思う。だから、戻ってくるまでの間に、遅れを取り戻すだけではなく、由上の分まで捜索を進めておきたい。

「また、連絡するね」

鏡の中の由上は最後まで気づかないままだったけれど、ヨルは満足だった。


所属するチームの練習がない日に、ヨルはウィスタリアのチームで〝球〟をやることになった。ヨルが他寮のチームに入ったことをウィスタリア寮の寮長が知って、協力を要請してきたからだ。ウィスタリア寮の生徒は基本的にパワーゲームが好きではないので、志願者が少なくて困っているらしい。寮で唯一のチーム〝レッツ・ウィスタリア〟は、球役をこなせる生徒すらいないのだという。

授業が終わった校舎の中庭に、初級クラスから中級クラスまでのメンバーが集まる。そこにはグラビティ・ウオーに参加したいヤカン君がきていた。攻撃魔法に興味のない苺ちゃんたちはきていないのが、気分的には救いだ。

「えーと、球の役をやりたい子はいる？」

――ま、普通はヤだよな。

案の定、誰も手を挙げない。仕方がないので、ちょっと楽しそうに実演してみせる。

「まずこうやって球状にバリアを張る。誰か手で押してみてくれる？」

ぐるーり、ぐるーりと手で押されて芝生の上を回転する。生徒は「やだー、目が回る」とか「できなーい」とか、さんざんなことを言っている。チームを率いる寮長は、一生懸命利点を挙げた。

「これは、身体能力の高い人しかできないものだ。兵士や指令の役より、アイテムなしで参戦する分、評価点が高くなるし、特待生の推薦を受けられる確率が上がる」

――へー、やっぱりウィスタリア寮でも特待生推薦とか言うんだ。

ぐるぐる回されて遊ばれながら、ヨルは感心する。推薦は、どこの寮の生徒にも等しく可能性があるらしい。

「でも、攻撃魔法のほうがかっこいいじゃん」

「円陣を出す呪文を覚えたから、僕、兵士のほうがいい」

「だが、球の役こそがチームの勝敗を決めるのだ」

通常のゲームと違って、この球は自分の意志で大きさを変えたり、回転速度を上げたりできるので、それで成績が変わるのだという。

――そうか……回転速度も変えられるんだ。

〝でんぐり返り〟を高速でやるような感じだろうか。つい試したくなって、ヨルは押されたまま寮長に声をかけた。

「あの、寮長。実際に空中戦をやってみせると、かっこよさがわかるんじゃないですかね」

「ふむ……そうかもしれない」

芝生の上でゴロゴロしているだけだと、今一つダサい。寮長も納得して杖を振り上げ、レギュラーメンバーを全員中空に上げた。

「ナンバー奇数と偶数で分かれろ、奇数のゴールが左、偶数のゴールが右だ。いくぞ！」

レンガ造りの外回廊に囲まれた、二十五メートルプールくらいの広さしかない芝生だ。観客は皆芝生から空を見上げ、飛び上がったレギュラーメンバーは背番号で左右に分かれた。ゴールポストはないので、一番左、または右に球が行ったら得点になる。本当は各チームごとに球があって、一つのフィールドには自軍の球と敵軍の球の二つが飛び交うのだが、今回はデモンストレーションなので、球一つだ。

ヨルは寮長の杖から出る重力操作でぐわんと上げられたのを感じて、意識を集中した。最初に寮長が放り上げた球を、奇数組の兵士が青い円陣を広げて叩き込む。

――よし、くる！

当たった波動で回転の方向が九十度変わった。ヨルは咄嗟に脳内で自分の位置を掴み、ゴール方向に重心を傾けて回転を促す。すると、思った通り、球は軌道を変えて進んだ。

――なるほどね。これなら兵士が下手くそでも、球が自らゴールに行くわけか。

ゴールさせまいと、偶数組の兵士が遮り、呪文を唱える。円陣が張り出される前に、ヨルは思いっきり手足を縮めて球を小さくした。おかげで円陣の一番端をちょっと掠っただけで、跳ね返されずに斜めに進む。

——おっと、このままだとフィールドから出ちゃうな。

軌道を戻せそうな兵士が近くにいない。ヨルは自分の回転重心をずらして大きく弧《こ》を描き、敷地の外に出るのを防いだ。

——これ、もしかして楽しいかも……。

回転速度に動体視力が追いつけば、さほど大変ではない。むしろ、自分で自分の球の威力を変えられることに、少し面白さを覚えてしまう。

回り込んできた奇数組の兵士が、なんとかゴールのほうに打ち込もうとしたけれど、偶数組のほうが上手な兵士が多いようだ。遮られてどんどん反対側に叩き込まれる。ヨルは思い切って、円陣が広がった時に、自分の身体に反動をつけ、逆回転してぶつかった。

——これでどうだっ！

予想通り、繰り出された魔法陣と摩擦を起こし、魔法陣からは青い火が、球の自分からは星のような黄色い火花が散ってギュルギュルと回転していた。下から見ている生徒たちは驚きの声を上げ、戦っているメンバーたちもびっくりしている。

もっともっと、球のポテンシャルを見せつけたい。

——ぶっ叩かれるだけの役じゃないんだぜ！

「とりゃあっ！」

「わ、う……重っ……」

そのまま回転を上げて押し切ると、魔法陣は耐えられなくなって消えてしまった。技を繰り出していた選手も、衝撃に耐えられずに横に転がる。遮るものがなくなった球は、ものすごい勢いでゴール……という名の建物の壁に激突した。

ドコッと鈍い音が響き、一拍置いてガラ……とレンガが崩れ落ちる。制御を失ったヨルは気絶して地面に落ち、再び目覚めたのは、寮監先生の鋭い声によってだった。

「壁を壊したのは誰です！　名乗りなさいっ！」


「でさ、そのあと寮監先生にめっちゃ怒られてさ」

ヨルは、温室の陰に隠れてしゃがみ込んだまま、ペンダントに話しかける。今日も由上は書物に向き合っているらしくて、ちっともこちらに気づく様子はないけれど、こうして話しかけるのが日課になってしまった。

「夕食の時もさ……」

楽しく報告を続けようとして、ふいに気力がしぼんでしまう。

鏡に映る由上の中に、自分が一ミリもいないまま語りかけるのがすごく寂しい。

――由上……オレのペンダントを見ないかな……。

たまに、目が合う時がある。でも十回に一回くらいだ。こちらが見ていることに気づいてくれるけれど、〝わかった〟という顔をして微笑まれて終わりだ。それに比べると自分は、休み時間のたびにこっそりペンダントを確認している。

——オレが依存気味なのかな。

命の危険はないと言われた。姿を見れば、無事なのもわかる。だから、由上がカタをつけて戻ってくるまで静観していればいいのかもしれない。何も言われないからといって、心配する必要はないのかもしれない。

「でも……オレは由上と話したいんだよ」

特段、急を要するような報告事項はない。ただ声が聞きたいだけだ。

どうせ声は聞こえない。だからつい本音が漏れてしまう。ヨルはペンダントを両手で握りしめて蹲った。

「由上……会いたいんだよ」

オレ、泣きそうなんだけど……と呟きながら、これも聞こえないんだよねと恨みがましく言ってしまう。ガサガサと温室の葉が揺れたけれど、鼻水をすすっていたので、あまり周囲の気配には気を配らなかった。

ある日のことだった。ヨルは練習が終わるとダッシュでいつもの温室まで走り、周囲を見回す余裕もなくペンダントを取り出した。

「由上！　朗報なんだ」

——応答してよ。気づいて……。

祈るようにペンダントを見つめる。由上につけられた重力枷を無効化できる方法が見つかったのだ。

一刻も早く由上に伝えたかった。

——やっぱり……ダメかな………。

由上はいつものように何かに集中している表情だったけれど、ふいに長いため息をついて、視線を下げた。どうやら、休憩するらしい。

そして周囲を確認するような様子が見えた。

——もしかして、ペンダントを見る？

行動を予測して胸が高鳴る。奇跡が起きないかと、無駄とわかりながら鏡に映る由上に〝見て、見て〟と声をかけ続けた。

そして、ふいにこちらの鏡に映る由上と目が合った気がした。

「由上！」

鏡の向こうが反応している。夢中で手を振ると、由上が苦笑しながら小さく手を振り返して応答してくれた。

——通じた！　通じたあ!!!

由上の視線が優しい。本を読んでいた時の厳しい眼差しではなく、自分を認識してくれているのだとわかるだけで胸がいっぱいになる。

――伝えたいことがあるんだよ。

「由上、クラブの先輩にすごい話を聞いたんだ」

読唇できないかと、なるべくゆっくり大げさに口を開いてみせるが、由上は〝?〟という顔をしている。

――ああ、細かい言葉は伝わらない。

何か書くものはないだろうか。

「紙……紙……あーもう、なんで手ぶらできちゃったんだよ」

少しでも目を離すと、由上がまた読書に戻ってしまいそうで、ヨルはペンダントを見つめたまま焦った。文字にして鏡に映せば、詳細が伝えられるのに。

「はい」

「え……」

ふいに左手に紙の感触がする。驚いて振り向くと、そこにしゃがみ込んだ自分と同じくらいの身長の、小さな女の子の姿があった。

「紙、要るんでしょ?」

全然、近づいてくる気配を感じなかった……と思ってよく見てみると、自分の斜め後ろのビニールが、猫入り口《キャットフラップ》みたいに小さく切り取られてめくれている。温室の中から出てきたらしい。

見られてしまったことに動揺したけれど、今さらどうにもできない。それより、次にいつコンタクトが取れるかわからない由上に情報を手渡したい一心で、ヨルはペコリと頭を下げて受け取った。ピンク色の長い髪の少女は、ちゃんと鉛筆も貸してくれる。しかも、渡すとすっと距離を取って、書いた紙が見えない位置に下がってくれるという配慮ぶりだ。ヨルは急いで文字にして伝えた。

鏡だけに、左右が逆転する〝鏡文字〟で映るだろうけれど、読めないことはないはずだ。

《グラビティ・ウオーに兵士で出られれば、重力操作アイテムが貸与されるだろ？》

兵士は、重力操作アイテムがついた杖を使う。だから基本的には飛ぶ魔法を習得した上級生が兵士の役をやるのだが、由上は初級生でも習得が早かったから、特別に飛べる杖を貸与されて兵士のポジションをやっていた。

寮長やチームの指令役が持つ装備と違って、この杖で操れるのは自分の重力だけだ。だが、自分の重力を自在に操れるだけでいい。

《この重力操作は、訓練すれば、どこまでもマイナスに重力を調整できるんだって》

〝浮く〟ということは、自分にかかる重力をマイナスの方向に変化できるという意味だ。つまり重力枷でプラスに負荷をかけられていても、逆ベクトルで調整をかけることができれば力を相殺できる。

枷の意味がなくなるのだ。

普段は、浮くところまでしかマイナスに調整することがない。だからあまり気にされていないのだと思うけれど、理論上、マイナス方向に調整できるなら、重力枷に充分対抗できるところまで数値を上げることは可能だ。

ヨルは思いついた作戦を伝えてみる。

《由上もバリオン寮の選挙としてグラビティ・ウオーに出てよ》
そうしたら自分はバリオン寮長に宣戦布告をする。〝もし自分が勝ったら、由上を返してくれ〟と提案するのだ。負けたらエレオノーラの傘下に下るとも申し出る。エレオノーラが欲しいのは由上だけだろうが、監視がつくくらいだから、自分にも〝由上の同僚〟としての価値はあるだろう。少なくとも、由上が自分を置き去りにしてログアウトしたりはしない。そのくらいの判断はしてくれるんじゃないかと思う。〝由上の足枷〟くらいまで価値があると思ってもらえたらこっちのものだ。
そして同時に由上もグラビティ・ウオーへの参加をエレオノーラに要求する。こちらは、〝もし自分が負けたら降伏する〟と誓約しておく。
《エレオノーラは、まだオレたちが連絡を取り合えるとは知らないんだろ？》
それぞれが相手を助けようと、同時に申し込んだことになる。彼女からしたら、どちらが勝っても由上本人か由上の足枷になりそうなヨルを手に入れられるから、損はないと踏むのではないだろうか。
だが、由上は難しい顔をした。向こうも紙とペンで書いて見せてくれる。
《面白がって承諾するかもしれないが、たとえ勝ったところで諦めるような女じゃない》
甘い考えは通用しない……そう書かれたけれど、そこは承知のうえだ。ヨルは笑顔で紙を見せた。
《勝負は名目だよ。とにかく、由上が重力操作機能つきの杖を手に入れることが肝心なんだ》
枷さえ無効化できればこっちのものだ。試合が白熱して、全員がプレイに集中している時に、ふたりで同時にエレオノーラを取り押さえ、きっちり決着をつけようと提案してみる。
《勝敗を賭けている最中に、共謀して襲ってくるとは思わないだろ？　そこが狙いだ》

でも由上は頷かない。

——どうして……。

作戦が甘かっただろうか。だが、考えさせてくれと言われると引き下がらざるを得ない。明日の同じ時間までに返事をくれると言われてヨルは頷く。とりあえず、これでいつ連絡が取れるかとやきもきするのだけは避けられる。

通信は終わった。由上は考え込んだ視線で、もう鏡を見ていないのは明らかだ。ヨルも諦めてペンダントをシャツの内側にしまう。

そして、離れて見守っていてくれた少女に改めて礼を言った。

「ありがとうね。助かったよ」

魔法使い専用の黒いとんがり帽子、その下からは長いピンク色の髪が見える。つぶらなペパーミントグリーンの瞳、ふっくらした頰、指先しか見えないマントみたいなジャケット。見覚えのない生徒だ。

「君、名前はなんていうの？」

「……メル」

「ウィスタリア寮の？」

「そうよ。だから何？」

——こんなところにいたのか。

ウィスタリア寮のチェックリストで、ひとりだけ確認が取れていなかった生徒だ。食堂でも教室でも姿を見なかった〝メル〟に会えたことに驚く。

「あ、いやあの……オレもウィスタリア寮だから、君の名前を見たことがあって」

「……」

警戒心の強い子らしい。わりとあからさまな顔をされてしまった。でもその時、森のほうから何か気配がして、ふたりとも同時に幹の陰に隠れた人影に目をやる。ちらりとだが、木から木へと移動する時、ジャケットの一部と髪が見えた。

――嗅ぎつけられたか……。

ルカだ。あちらはなんでも許されちゃうバリオン寮IDを持っている。たとえセキュリティセンサーに引っ掛かっても森にいられるはずだ。どうしようか迷ったら、メルちゃんのほうが先に言い出した。

「お茶淹《い》れてあげる。こっちにきて」

「うん……ありがと」

メルは猫入り口に這《は》い込んでいく。ヨルもそれに続いて腰を屈めてビニールをくぐった。

17. 温室の魔法少女

植木鉢の並んだ棚の下をくぐり、メルちゃんは奥にあった小さな部屋に入った。まるで自分の部屋のように〝そこに座って〟と言う。

「この部屋、君の？」

「そうよ……でもちゃんと先生に許可をもらってあるから、違法じゃないから」

返しが喧嘩腰だ。ちっちゃくて可愛い見た目だけど、だいぶ気が強い感じがする。でも、お茶は本当に淹れてくれた。

茶葉を用意し、フラスコで沸かしたお湯をティーポットに注ぎながら言う。

「あなた、見張られてるでしょ」

あの気配は、前にもあったと言われてメルちゃんが自分を匿《かくま》うためにお茶に誘ってくれたのだとわかる。と、いうことはメルちゃんに見られたのもこれが初めてではないということだ。

――うわあ。何が〝プロ〟だよ。見られてるのに気づかないとか、ダメダメじゃん。

恥ずかしくて泣ける。でも目の前の少女はこちらの表情などおかまいなしで温室の向こうを睨んだ。

「見張ってたのは男の子よ、たぶんさっき森にいたのと同じ」

「姿を見たの？」

「あなたが前に温室の裏にいた時、栽培棚の下から裏側に接近して盗み聞きしようとしてた」

彼女が足音を立てて出て行ったら、そそくさと逃げて行ったという。メルちゃんは硬い表情のままヨルを見る。

「あなた、何者なの？」

普通の人は見張られたりしないという。もっともな意見だ。

――なんて言うべきかな。

でも適当な嘘で誤魔化すのも見破られそうな気がして、ヨルは一部の事実だけを言った。

「うまく言えないんだ。でも今、オレの大事な人がピンチで……オレはその人を助けたいけど、あの子は助けたくないらしい」

「大事な人って、ペンダントに話しかけてた人？」

ヨルは頷く。メルちゃんはしばらく黙ってから踏み台に乗ってティーポットの蓋を開け、茶葉の開き具合を確かめ、ぽってりとした陶器のカップに注いでくれた。

「はい。飲んで」

「これは？　何か魔法の薬？」

「心が落ち着くお茶よ。あと、滋養強壮」

ちょっと匂いを嗅いでみたけれど、ミントとレモンのような香りで、悪いものではなさそうだった。

カップを両手で包むようにして受け取り、素直に飲む。

「おいしいね。ありがとう……本当に落ち着くよ」

「それ、〝白状させ薬〟よ」

「え……」

「なんでそんな簡単に信用しちゃうのよ」

メルちゃんが呆れたように怒っている。ヨルは思わず笑ってしまった。

「何よ」

ぷうっとメルちゃんの愛らしい頬が膨らむ。

「いや……だって」

自分はヨルの言葉を疑って尋問しようとお茶を飲ませてきたくせに、こちらが素直に従うと怒るなんて矛盾している。

――この子、態度はツンケンしてるけど、根はいい子なんだろうな。

「そりゃ、信じちゃうでしょ。こんな、〝とんがりぼうしのメルティ〟みたいな子が、人を騙したり、悪さをするはずないもん」

なんの気もなしに口にしたのだが、メルちゃんは急に目を見開いた。

「〝メルティ〟を知ってるの?!」

「あ、やっぱりそうなんだ……」

髪の色といい顔立ちといい、なんだかあの大昔のアニメに似ていると思ったのだ。少女は観たことがあるんだ……と驚いたように言う。

「あれはおばあ様のコレクションから見つけたものだから……日本の古いアニメで、今時の人は知らないはずよ。あなた、もしかしてリアルの年齢はおじいちゃんなの?」

――日本アニメのコレクションて……まさか、その祖母は日本人なのか？

もしそうならアリシアの家族構成に当てはまる。ヨルは心の中でチェックを入れながら、表面は当たり障りなく話を続けた。

「いや、じいちゃんて歳《とし》では……オレも、本放送は観たことないんだ。ネットで見かけただけで」

翻訳アニメで英語の勉強をした時、日本語版も観ていた。そんなこんなで、ちょっと昔のアニメにも詳しくなって、お気に入りの声優さんの出演作品をチェックした時に観たことがあるのだ。

「可愛いアニメだよね。設定は魔法使いじゃないけど……メルちゃん、似合ってるよ」

――あ、あれ？　対応間違えたかな……。

フリーズしたままのメルちゃんに、気安くちゃんづけしたことを詫びようとしたら、秒遅れでメルちゃんの頬が桜色に変わった。

「に、似合ってなんか……いいわよ、お世辞なんか聞きたくない」

「お世辞じゃないよ。何しろオレはメルちゃんの元の顔を知らないし」

ただ、雰囲気も声もちゃんとマッチしていると思っただけだと説明する。

「……」

「あれ？　褒められるの苦手？」

両手で頬を隠しているけれど、でもなんだか嬉しいのを嚙み殺しているようにも見える。

――褒められ慣れてないのかな。

「オレも、褒められるとなんて言っていいかわからなくて、だいたい逃げてたんだけど……」

由上は、昔からよく褒めてくれた。同僚だった時はバディとして気持ちを引き上げてくれるために、そして付き合い出してからはからかうために。別に説教をしたかったわけではなかったのだが、自分がされて嬉しかったことだから、メルちゃんには正直に自分の体験を話した。

「だってさ、相手は自分に関わろうとして言葉をかけてきてくれるわけよ。だからそれが自分には歯の浮くような褒め言葉でも、ちょっと大げさだなと思っても、その気持ちはありがたく受けたいと思うようになったんだ」

「……」

——由上に〝可愛い〟って言われるのは、マジで照れるんだけどさ。

自分は可愛い系のキャラではないと思うけれど、由上の思いやりまで否定するのは嫌だから、照れつつもちゃんと受け取ることにしている。

でもそれでどうなるかといえば、幸せ感が増すだけだ。メルちゃんにも、できればそんな気分になってもらえるといいなと思う。

「自分が可愛いと思うかじゃなくて、〝言った人が可愛いと思ったかどうか〟だから、メルちゃんは気にしなくていいよ。オレはメルちゃんを可愛いと思った、ってことなんだ」

「い……いいから。わかったから、もうそれ以上言わないで」

表情の判定が不可能なほど唇を引き結びながら、メルちゃんは赤らめた顔のままぽそっと呟いた。

「……お世辞じゃないなら、別に……いいから」

「よかった……本当に嫌だったら、申し訳ないかなと思ってたけど」

ふるふるとピンク色の髪が揺れた。

「別に……ただ、〝自分では可愛いと思えない〟っていうだけの問題だから……」

「でも、あのキャラが可愛いと思ったからそういうアバターにしたんでしょ？」

「そうだけど……」

メルちゃんは赤いキノコの椅子を引き寄せ、ヨルの前に座る。でもまだ身体ごと斜めを向いていて、ちょっと距離を感じる体勢だ。

「でも、私に可愛いキャラは似合わないもん」

このアバターに変えてからは、気恥ずかしくて食堂に行っていないという。

「前のキャラは超絶美女系だったから、こんな方向転換して、どう思われるかなって……」

「別に、キャラ替えしたっていいじゃん。リアルの世界だって、コスプレとか全然違うベクトルのキャラをやるの、普通でしょ？」

「でも、前は使役魔法を使うバトル系で、すごいグラマラスな美女方向で……」

以前はモルフォ寮にいたそうだ。キャラ変してからは寮を移動し、前の友だちに会わないように引きこもっているらしい。だから、学校でも食堂でも会わなかったのだ。

——仮想の世界なのに……。

誰に、どう思われるのかを心配して、引きこもった仮想世界でもさらに引きこもるなんて、矛盾している。ヨルは励ますように微笑みかけた。

「どんな姿にでもなれるのがアバターなんだから、キャラ替えは季節の衣替えくらいに考えていいと思うよ。誰も、リアルの君を知らないんだから」

「……」

「せっかくなりたい姿になれてるんだから、楽しまなきゃ」

「……そうなんだけど」

「メルちゃん、なかなか可愛い魔法少女だから、きっとウィスタリア寮でも人気者になれるよ」

メルちゃんは椅子から下り、ヨルのカップを手から取ると、背伸びしてコトンとテーブルに置いた。ちゃんと、〝白状させ薬〟は嘘だと教えてくれる。

「人にちやほやされたいわけじゃないもん……」

いつの間にか、彼女の悩み告白みたいになってしまった。でも、メルちゃん自身が誰かに話したかったのではないかと思えて、ヨルは黙って聞き役に回った。

「もちろん、最初は人に羨ましがられるような、すごい美人になりたかった……だから、頑張ってアバターの研究をしたんだけど……」

メルちゃんの母親は金髪碧眼だが、父方の祖母が日本の人で、だから自分ではちょっとアジアンテイストな顔立ちなのがコンプレックスだったという。

——え、じゃあやっぱり、この子がアリシア・ドーンズなんじゃ……？

本人を見つけた気がしたけれど、慎重に気づかないふりをする。もし当該者だったとしても、彼女が心から自分を信頼してくれて、ログアウトに納得しない限り、追及した瞬間に逃げてしまうだろう。

「両親は全然おかしくないって言うんだけど、私はそう思わなかった。友だちと比べては、地味な自分の顔が嫌だと思っていたわ」

化粧や努力では解決しない部分での劣等感に耐えられなくなって、学校に行かなくなったという。

「ここにきた時、そういうコンプレックスは完全に解消できると思ったの。スーパーウーマンみたいに設定して、理想の自分になれたと思った……でも、ここには、美男・美女しかいないのよ」

——確かに。寮長以外の人も、顔とかスタイル抜群だからなあ……。

苺ちゃんが最初に見惚れたウィスタリア寮長を挙げるまでもなく、美男美女はゴロゴロいた。つまり、ビジュアルの平均値が異様に高いので、〝埋もれる〟のだ。メルちゃんは悲しそうに言う。

「ちょっとやそっとの綺麗さじゃ、ここではモブキャラにしかならない。だから、みんなミリ単位で設計してる。睫毛《まつげ》とか目の幅とか、虹彩のアレンジまでしてるし」

そして、その微細な競争で上位に行けるのは、〝センスのある人〟なのだという。

「どうアレンジするか、どう設計するか。なんでも自由自在な分、自分のセンスが問われるの。結局、ここで美男美女って言われる人は、才能とオーラがある人だけなのよ」

才能・センス……どんなに金で買えるオプションアイテムがあっても、これだけは手に入らない。個人が持っている資質だ。

「結局、自由にアバターが作れても、〝その人の持ってる能力以上〟にはなれないんだと悟ったわ。所詮、私の属性は凡人のモブキャラなの」

そんなに悲観しなくても……と思うが、メルちゃんの言い分はなんとなくわかる。

自分は最初にログインする時、ミリ単位の設定にうんざりした。けれど、本当に〝なりたい自分〟が明確になっている人は、あの設定でもまだ不足だと思うかもしれない。

――つまり、理想の姿に対する解像度が違うんだな。

メルちゃんの話を聞いてから周りの人を思い浮かべると、より一層それがわかる。

例えば苺ちゃんやヤカン君もそれなりに可愛くできていると思うけれど、ウィスタリア寮の寮長に比べると圧倒的に平坦だ。他にもとんでもない美形キャラがわんさかいる。彼らはなりたい理想の姿がすごく明確で、その気持ちに努力と解像度が追いついているのだと思う。

——そういや、苺ちゃんも一生懸命設定ボタンでマイナーチェンジを繰り返してたもんな。

〝もっと可愛くなれるはず〟と、睫毛の色は毎日変えていたし、可愛い生徒を見かけると、捕まえて目の幅の設定を聞いたりして、服装のバージョンアップにも余念がなかった。

「だから、キャラ変したのか……」

「だから、っていうか……煮詰まった時に自分を見つめ直して、〝本当になりたいのは何か〟って考えてみたのね」

誰かより綺麗と言われたいだけなのか、美のトップに君臨すれば気が済むのか……何をしたら自分の心が満足するのかを考えた時に、答えが出たのだそうだ。

「わたしが本当になりたかったのは、美女系じゃなくて可愛い系なんだって気づいたの」

リアルの自分の顔をどうにかしたいと思うあまり、金髪美女みたいなテンプレを追いかけてしまったが、本来大好きなのは小さくて可愛い存在だ。

「だから今の姿は完全に自己満足よ。私は、私が大好きだった推しの姿になれたからもういいの」

「だからって別にこもらなくたって、みんなの中で満足を貫けばいいじゃん」

自己満足上等ではないかと言ったら、大きく首を横に振られてしまう。

「ダメよ。私なんかが大事な推しの姿をして人前で振る舞うなんて、推しを貶《おとし》めてしまうわ。他人には見せられない」

——わお……なんちゅう拗《こじ》れ方だよ……。

その姿を真似したいけれど、自分がその姿になってみんなの前に出るのは畏れ多いと悩んでいるのだ。自己評価が低すぎる。

「私は私の大好きなキャラになる。でも、誰にもそれは見せない……だからここにいる。私はそれでいいの！」

「……でも、それで一生引きこもる気？」

「あなたには関係ないじゃない」

ほっといてよ、と魔法少女はむくれてそっぽを向いた。けれど、最後にぼそっと赤い顔をして言う。

「……でも、〝可愛い〟って言ってくれたのは、ありがとうだけど」

「お世辞じゃないからね」

「……」

またきてもいい？　と聞いたら、メルちゃんはちょこっとだけ頷いてくれた。

それから、ヨルはグラビティ・ウオーの練習の合い間に、温室の奥にある小さな隠れ家に行った。メルちゃんが捜索対象のアリシアだろうという読みもあるからだけれど、それ以上にぼっち引きこもりの彼女の様子が気になるからだ。寮の自室と温室しか往復していないメルちゃんのことが心配でならない。

『魔法の島』は、ユーザーが楽しく滞在してプレイを楽しむための仮想空間だから、基本的に〝嫌なこと〟は強制されない。授業をサボりたかったら行かなくてもいいし、あくまでも〝自主性に任せる〟というスタイルだ。要するに〝大事なお客様〟の機嫌を損ねないような快適さを維持している。だから、メルちゃんのように公共の場所の一角を占領する者へも、注意はするが強引な撤去はしない。

――本当の学校じゃないからなあ。

でも、そうやって一見居心地よく甘やかされる生徒たちの行く末がどうなるか、保護者的年齢のヨルはつい心配してしまう。今日も、食堂に行かず、栽培植物で自給しているというメルちゃんのために、食堂で出たおいしそうなお菓子をこっそりポケットにしまっていく。

カラフルにアイシングがされたクッキーを紙ナプキンごと木のテーブルに置くと、メルちゃんは目を輝かせてくれた。最初の時に見せた刺々しい警戒は、だいぶ解除してくれたようだ。訪問しても嫌な顔はしないでいてくれる。

「可愛い……ありがとう。お茶淹れるね」

「ありがと、オレも手伝うよ」

姿が小さいせいか、なんとなく祖母の家で一緒に育った弟妹を思い出す。

――鹿子《かのこ》に似てるんだよな。

ヨルのきょうだいは全部で六人だ。自分のすぐ下が妹の鹿子で、次が一卵性の双子の弟たち、その下に二卵性の男女の双子がいる。長女の鹿子はほんわかした見た目だがしっかり者で、兄である自分のほうがよく叱られていた。

「薬をこぼされると困るから、ヨルくんは座ってて」

「あ、ハイ……」

——こういうとこも似てるんだよな。

だいたい鹿子のほうがテキパキしていて、ヨルは妹に指示されて動いていた。今も言われた通りキノコ椅子の一つに腰かけて待つ。

「はい、どうぞ」

今日はアイスティらしい。まん丸なグラスにくにゃくにゃの長いストローが挿してあり、イチゴ水みたいな色のお茶が入っている。上にはレモン色の丸い粒が浮かんでいて、メルちゃんは搔き混ぜて飲むようにと言った。

「わあ……星が弾けてくる」

「綺麗でしょ」

線香花火みたいだ。しかも溶けるとお茶が赤からオレンジ、赤紫へと変化する。

「メルちゃん、本当にこういうの上手だよね」

毎日、変わり種のお茶をもらう。しかも、効能もちゃんとあるのだ。

「今日のはね、疲労回復。ヨルくん、練習で疲れたでしょ？」

飲むと確かに身体が楽になったような気がする。不思議だ。

——だって、この身体はデジタルデータなのに……。

自分の本体はずっとＶＳＳから栄養供給を受けている。確かに味わうことができるけれど、飲食は疑似データだ。なのにどうして身体に作用したような気がするのだろう。

メルちゃんは手近な葉を摘まみ、指でクルクル回しながら話してくれる。

「これもデジタルデータだからよ。ちゃんと口の中で情報を発信するの。脳はそれを受け取って、自分が覚えている味覚に変換するから、酸っぱい味のものは疲労回復になるし、甘い味だと心が落ち着く」

「へえ……そうなんだ」

――だからあの笑い薬はあんなに効いたのか。

「魔法大学の薬学科に行くと、そういう勉強ができるんだって」

今のところ、初級クラスで教わるのは本当に子ども騙しな内容だ。〝笑い薬〟とか〝くしゃみ薬〟とかを調合する。でも、それも〝センス〟が効果を左右するとメルちゃんは言う。

「色々やってみたけど、たとえば回復薬とかは、より綺麗な薬びんに入っていて、より美しい色をしていたり、キラキラしていたりするほうが効き目がいいの。プラセボ効果ね」

プラセボ効果とは、まったく薬ではない偽物を飲ませても、被験者が本物の薬だと信じた場合に、効果が出てしまうことだ。つまり、思い込みで本当に薬が効いてしまう。

「いかに〝効きそう〟な見た目を作れるかが、薬の魔女の腕なのよ」

わかる気がする。

VRスーツから送られてくる情報はわりと大雑把で、脳のほうは自分が覚えている中で最も近いものの情報を補完して受け取る。それが見たことがないほど綺麗だったり、ありがたそうだったりすればするほど、脳は〝未知のもの〟と判定して本人の希望に沿って新たに効果を創り出す。結果的に、飲む側が期待する味になるし、その通りの効果を得るのだと思う。

メルちゃんは、可愛いものが大好きだし、カラフルな薬を調合したり、ファンタジックな世界に楽しく浸っているみたいだけど、でも元来すごく頭がいい子なんだと思う。この世界の仕組みを、わりと冷静に観察している。

「メルちゃんは、これを極めて大学に行くの？」

グラスを膝に置いて、マントみたいなロングジャケットにくるまれたメルちゃんは俯く。

「行ければ行きたいけど……でも、あれは推薦がないと扉が開かないし」

「扉って？」

前から不思議に思っていたのだが、実はどこにも大学らしき施設は見当たらないのだ。メルちゃんによると、大学への入り口は寮長が持っている『魔法の書』にあるのだという。

——そこが、別空間への入り口ってことなのか。

ここは仮想空間だから、リアルの世界と同じように考えてはいけないのだ。前回の異世界経験でも、森の中の一角に別な空間ができていた。たとえば小さな本のような入り口があって、その先が広大な空間だとしても、デジタルの世界なら何もおかしくはない。

「先生に聞いたからこの話はほんとよ」

引きこもって薬作りに没頭するメルちゃんを説得するために、大学には楽しい未来があると教えてくれたのだそうだ。

「大学では、こういう薬草そのものの開発もできるんだって」

どんな効能を入れた薬草が必要か、どんな風に飲ませると生徒に効果があるか……わりとリアルに研究・開発すると聞いて、ヨルは「この世界の設計研究者を養成してるのかな」と思った。

ここは、前に自分がいた仮想空間『異世界転生』のような、違法な人柱ＡＩはいないようだ。でも、仮想世界のリアル化は今後さらに加速していくだろう。今も、クラブチームの練習後には水の他に栄養ドリンクと称したものが差し入れされることがあるけれど、あれが選手のパフォーマンス向上に本当に役に立つのなら、試合結果にも影響が出る。

仮想空間の身体能力向上のためのサプリメントなんて不思議な感じだけれど、リアルの世界で飲む錠剤だって、科学的に精製されたものがほとんどだ。電子の身体の動き方をサポートする電子の錠剤があったっておかしくはない気がする。

「大学に行くためにさ、授業に出るっていうのはどう？」

「……先生に、説得しろって言われたの？」

そういう方向で話をすると、とたんに疑われる。

「そうじゃないよ。これはあくまでもオレの意見」

気持ちはわかるけど、このまま仮想世界にこもったままなんて心配だ。メルちゃんは、もう同級生は皆卒業するか大学に行くので、そこにひとりで混じるのが嫌なのだという。

「じゃあ、初級クラスにおいでよ、オレもいるし」

「でも……私、上級生だってひと目でバレちゃうもん」

パールの周りにピンクトルマリンの宝石がついた魔法の杖を振ってみせる。トルマリンの部分は設定ボタンではなく、進級するともらえる宝石型の重力操作器だ。メルちゃんみたいに操作ボタンの周りに飾ったり、操作ボタンと融合させてバイカラーにしたり、さまざまな形で取りつけることができる。

「これがついてるから、みんなに落第生だと思われちゃう」

キラリラリン、と愛らしい音を立てると、メルちゃんはふわっと浮き上がった。

「あ、飛べるんだ」

「うん……下手だけどね」

ふわふわと四十センチくらい浮き上がるけれど、バランスはうまく取れないらしい。「あれれ」と言いながら杖を中心にくるんと回ってしまうので、ヨルは立ち上がってメルちゃんの身体を両手で抱き取った。

「わ……」

「確かに、ちょっと練習が必要かもね」

「……授業、受けてないから」

クラブチームで、兵士のポジションの生徒たちがこの重力調整機能を使っているところは見ている。

〝杖と身体を一体化〟させることができれば、別に杖に跨らなくても自分の身体を浮かせることができるのだ。同級生の中からも、だんだん飛行術を習い始める生徒が出てきていた。観察した感じでは、これも身体能力の差で、体幹がいい生徒ほど早く呑み込めているように見える。でも、メルちゃんだってちゃんと練習すれば、他の生徒のように普通に飛べるようになるだろう。

「そうだ。メルちゃん、クラブの練習を見学しにこない？」

自分の所属クラブはエーテル寮にある。放課後だし、ここならメルちゃんの元の寮の生徒にも、同じクラスの生徒にも、会う確率が低い。

「授業じゃなくたって、他の生徒の飛行術を見れるし、それに、もしいきなりじゃ顔を出しづらいとかなら、差し入れドリンクを作ってくれれば、みんなも喜ぶと思う。メルちゃんも、他の人に効能を試せるいいチャンスじゃない？」

ここで黙々と薬を作っても、誰かで試さなければ成果はわかりにくいだろう。自分にわざわざお茶を振る舞ってくれるくらいだから、選手用の特性ドリンクを作るのだって楽しいのではないかと思う。嫌なら名乗らなくてもいいし、見学だけでもいいからとあの手この手で説得してみたら、メルちゃんはちょっと呆れ気味に承諾してくれた。

「わかったわよ……行けばいいんでしょ」

「うん……あの、まあ、嫌じゃない範囲でいいんだけど」

外に出たり、人と会ったりするきっかけになってほしい。そんな気持ちは汲んでもらえたみたいだ。

メルちゃんは可愛い目でちらっとヨルを見てから笑ってくれた。

「ありがと……。明日の練習に、とびっきり疲れが吹き飛ぶ特製ドリンクを差し入れしに行くわ」

「わお、楽しみにしてるよ！」

メルちゃんのほうが小さいけれど、自分よりずっと大人っぽい感じで笑われてしまった。

18．ルカVSメル

メルちゃんは約束通り練習場に差し入れドリンクを持ってきてくれた。ライムカラーのお茶にピーチジュレがトッピングされていて、可愛らしい見た目なのに飲むとすごく刺激的な味だ。チームのみんなにも大好評だった。また作ってほしいと絶賛され、メルちゃんも澄ました顔をしていたけれど、ちょっと嬉しそうに見える。

「喜ばれたね」

「うん」

人前に出られないというのも、単に慣れの問題なのではないかと思う。

——もともと、強キャラだったんだしな。

キャラ変更のギャップに気恥ずかしさを覚えるのは本人だけで、他人はそれほど気にしていないのだと実感すれば、いずれ普通に誰とでも話せるようになる気がする。それに、自分は偶然メルちゃんの元キャラを知っていたけれど、たいていの人は気づかない。メルちゃんの〝私なんかが大事な推しを……〟のこだわりは、残念ながら誰にも伝わらないのだ。皆、この姿はメルちゃんのオリジナルだと思っている。

——名前を言わなきゃ気づかれないと踏んでたんだけど、名乗っても、そもそも元キャラの認知度が低いんだよね。

メルちゃんもそのことには気づいたようだ。だから、もうしばらくして、メルちゃんの気持ちが落ち着いたら、さりげなくアリシアかどうかの最終確認をしようと思っている。

ふたりで空のびんを入れたバスケットを持ち、メルちゃんの隠れ家がある温室へ行こうとしていたところで、ふいにメルちゃんがこそっと囁いてきた。

「あれ見て」

「ああ」

古めかしいレンガの校舎の、少し先にある柱の陰に、ちらりとジャケットの裾が見えた。たぶん、ルカだろうと思う。

——そろそろ、逃げ回るのも限界だよな。

向こうも、絶対避けられない場所を選んで待ち伏せしてきたのだ、何かアクションを起こす気なのだと思う。ヨルは覚悟を決め、メルちゃんにここで別れて回り道をしてほしいと頼み込む。

「先に帰ってて、あとで行くから」

頷いたけれど、メルちゃんはくるりと踵《きびす》を返す前に小声で言った。

「ヨルくんが去ったあとで、私もこの道を通るから」

——？

メルちゃんは〝あ、忘れ物……〟と小芝居しながら練習場のほうに駆けて行く。そしてヨルがひとりになると、柱の陰からルカが出てきた。

「あの、ヨルさん」

複雑に眉根を寄せてルカを見ると、ルカのほうも神妙な顔をしている。

「ヨルさん……ぼくの正体を知ってるんですよね」

否定しないまま沈黙すると、意を決したという風にルカが打ち明けてきた。

「ぼく、姉に脅されているんです。ぼくの姉はエレオノーラといって、由上さんの異母妹です」

──正体をバラしてきたか……。

ルカは泣きそうに顔を歪めた。エレオノーラは、由上を支配するためにルカを脅して迎えに行かせ、由上を捕獲したという。

「由上さんは、咄嗟にぼくを人質に取って逃げようとしました。でも、姉は〝殺《や》るなら殺《や》れば？〟って……だから、由上さんはぼくを殺せなくて捕まったんです。ぼくのせいなんです」

──……。

同情を引くための嘘かもしれない……そう構えてみたけれど、一瞬浮かんだ絶望的な表情には、リアリティがあった。

もし本当なら、血の繋がった姉に見殺しにされかけたということだ。

「由上さんを取り返す方法は一つしかありません」

ルカが近づいてきて腕を摑む。

「一番上の兄のロレンツォを頼るんです。兄なら、由上さんを取り戻してくれます」

一緒にログアウトして、兄に助けを求めようとルカは言う。ヨルは摑んできたルカの手を上から包むようにして離した。

それが本心でも策略でも、この案に同意はできない。

「それじゃ解決にならないよ」

「ヨルさん」

「それでは、エレオノーラの支配下からロレンツォの支配下に替わるだけだ」

ルカは首を横に振る。

「兄さんはそんな人じゃありません」

「でも、デナーロ家のドンだろ？」

涙を盛り上がらせたルカに言い聞かせた。

「誰かの力を頼るってことは、その人の言いなりになるってことなんだ。自分で解決をつけない限り、自由にはなれない」

今までだって、ずっとこんな綱引きはあったのだろうと思う。でも、由上はどちらの傘下にも入らない選択をした。だから、今戦っているのだ。

「でも……じゃあヨルさんはこのまま由上さんを見殺しにする気ですか？」

ヨルは微笑んでルカを見つめた。

「そうじゃないよ。待ってるんだ」

むしろ、自分のほうが今すぐ出しゃばって行きたいと思っている。でも、由上が待てと言った以上、勝手な行動はできない。

「なぜなら、オレたちはバディだからさ」

「……」

「助けが必要な時、由上は必ずオレを呼んでくれる」

ルカの目が昏《くら》さを帯びた。

「甘いですよ。由上さんだって、もしかしたら姉に屈服して貴方を捨てるかもしれない」

何日も戻ってこないのが、何よりの証拠だとルカは言う。

「オレは信じてる」

自分がルカを通してエレオノーラかロレンツォのどちらに動いてしまっても、それが由上の足枷になってしまうだろう。だから動かない。

ルカがこのことをエレオノーラに報告するなら、してもいいと思う。何があっても自分は由上に従うんだという意思表示を届けてもらえるなら、むしろ好都合だ。

ルカはもう〝可愛く懐いてくる年下の同級生〟という仮面は捨てていた。でも、まだ少年らしい顔つきなのに、黙って険しい表情をするルカが、見ていてちょっと可哀想《かわいそう》な気持ちになる。

「お前は、どうしたいんだよ」

ルカが姉の強硬な支配から逃れるために兄を頼りたいのなら、ルカは自分ひとりでログアウトすればいいと思う。

「もし、ログアウトできない事情があるなら、手伝うよ？」

「……」

目を逸らしたルカを置いて、ヨルは去った。

メルちゃんが不思議なメッセージを残していったので、ヨルは校舎を出たと見せかけてするりと柱の陰に隠れた。するとルカの向こう側で、やっぱり柱の陰からひょこっとメルちゃんが顔を出した。

——立ち聞きしていたのか。

佇《たたず》んでいるルカとしばらく睨み合いみたいになって、やがてメルちゃんが前に出てくる。小さいけれど、なんだかメルちゃんのほうが強そうだ。とんがり帽子分だけ背丈が上乗せされていて、ルカと向かい合うと頭一つ分小さいくらいの差になる。

「あなた、ヨルくんを監視してるつもりなんでしょうけど、自分も監視されてるって知ってる？」

——え？

メルちゃんは、ルカが温室周辺にきたあと、必ず複数の足跡が残っていると指摘した。

「お姉さんに信用されていないんじゃないの？」

ルカの背中が動揺している。もしエレオノーラに監視されているのなら、ルカを早く長兄の元に逃がしてやらないとまずいのではないかと思う。ふたりの間に出て行こうとしたら、ルカが口を開いた。

「お前こそ、なんの目的でぼくを嗅ぎ回ってるんだ」

猫を被っていた時とは別人のような、きつい声音だ。でも、メルちゃんにはまったく響いてない。

「あなたと一緒にしないで。私はただ、他人に勝手に温室へ入られるのが嫌なだけよ」

言葉に詰まったルカに、メルちゃんは詰問する。

「あなた、ヨルくんのことが嫌いでしょ」

助けるなんて大嘘で、陥れる気なんでしょと問い詰めた。ルカは否定するかと思ったのに、開き直ったように吐き捨てる。

「だから？　お前には関係ないだろ」

――なんか、地味にショックなんだけど。

薄々想像できてはいたものの、できれば性善説を信じたいほうだ。

「関係あるわよ。私はヨルくんを助ける。あなたが邪魔するならあなたは敵だわ」

「お前も仲間になったのか……」

「なんのこと？　私はただ、あなたがヨルくんを嫌いなように、ヨルくんが好きっていうだけよ」

女の子だとは知っているけれど、なんだかメルちゃんに漢気《おとこぎ》を感じてしまう。ヨルは柱の陰から出て、メルちゃんを迎えに行った。

「ヨルくん……」

「もういいよ。ありがとね」

一緒に帰ろう、と小さな手を取る。そして表情を失くしているルカに声をかけた。

「やっぱり、リアルの世界に帰ったほうがいいと思うよ」

「……」

「兄ちゃんのところなら、安全で自由に生きられるんだろ？」

ルカは答えなかった。

19．でもヒーローになりたい

ルカは動けなかった。ターゲットのヨルも、小賢しい指摘をしてくるメルも行ってしまったのに、追いかけることもできない。

「……」

姉に監視をつけられるほど疑われているとは思っていなかった。自分はうまく騙せていると信じていたのだ。でもメルの指摘は本当なのだろう。だとしたら、もうバリオン寮には帰れない。

——こんなはずじゃなかったのに……。

確かに、最初にエレオノーラに見つかったのは痛いミスだった。でも、自分はそれを逆手に取って姉に使われている風を装い、姉の情報網で由上とヨルを見つけた。

——姉さんの裏をかけるはずだった……。

姉が由上を手に入れるなら、自分はヨルを手に入れようと思った。由上はヨルを大事にしているみたいだったから、ヨルを手に入れておけば、由上との交渉に使えると思ったのだ。

——だって、ヨルは単純で騙されやすいし……。

ちょっと情に訴えればコロッと騙されるからすぐに取り込める。そう思ったから、クラスの女子を煽った。ヨルを孤立させて自分だけが味方になれば、ヨルなんて簡単に操れる。

——そう思ってたけど……。

けれど、由上に人質に取られた時、考えが変わった。

自分を、そこらの部下と同じ捨て駒扱いした姉が許せなかった。姉の大事なものを取り上げて、仕返ししなければ気が済まない。

由上のところにヨルを行かせて、ふたりともログアウトさせたら、姉は悔しがるだろう。わざわざ手間をかけてログインまでしたのに、どちらも手に入れ損ねるのだ。姉の泣きっ面を前に〝ざまぁみろ〟とせせら笑ってやるつもりだったのに、予想外にヨルに警戒されて、それはうまくいかなかった。

――由上の脱走もうまくいかなかったし。

どの作戦も思った通りの結果にならない。

自分はひとりで画策するけれど、姉は部下をたくさん連れてきている。ちょっとやそっとでは出し抜けないのだ。一体いつまで、仮想の世界で姉にこき使われていなければならないのかと思うと、どんよりとした気持ちになった。

だから、方針を変えたのだ。

由上を理由にヨルを説得すれば、ヨルを長兄の元に連れて行けるだろう。

密偵が失敗した以上、何かの手土産《てみやげ》がなければ長兄のところには戻れない。だが、ヨルという、由上を釣るために最も効果的なエサを持ち帰れば名目は立つ。

でも、ヨルは兄に頼ることはしないという。ログアウトしないという宣言もだが、ルカにとっては、ヨルに〝由上を信じている〟と迷いなく言い切られたことがショックだった。

自分には、そんな強い信頼関係のある人間はいない。

《私はヨルくんが好きっていうだけ》

メリットがないのに助けてくれる人間もいない。

《兄ちゃんのところなら、安全で自由に生きられるんだろ？》

ヨルは何も知らないから、本当に親切心で長兄のところに逃げろと言ってくれたのだ。でも、長兄が自分を軽んじていることは、よくわかっている。

——姉さんだってそうだ。

いざとなれば、微塵《みじん》も躊躇《ためら》わずこちらを見殺しにする。

「別に……そんなのかまわないけどさ……」

軽く扱われることには慣れている。

そんなことで傷つくほど子どもではない。でも、ヨルに心配そうな言葉をかけられると、平気なはずの傷口がズキズキと痛む。

《兄ちゃんのところなら……》

——無理だよ。

ロレンツォを選んだところで、自由が手に入るわけではない。

——どっちについても、手下になるだけで、自由になんかならない。

姉にこき使われるか、兄の下であくせく働かされるかだ。自分は、兄と姉を言いくるめてうまいこと後継者レースに参加したつもりでいたけれど、実際にやったことは、ふたりの下働きにすぎない。

——じゃあ、ぼくはどうすればよかったんだよ。

こんな仮想空間は好きじゃない。魔法とかファンタジーなんかどうでもいい。ただもう帰りたくて、ヨルを連れて帰ればログアウトできると思ったから動き回っていただけだ。

「……」

行くあてもなく、ルカはとぼとぼと歩き出した。


傷ついても凹んでも、現実は容赦してくれない。ほどなく日が暮れて、ルカは本当に行き場に困った。ウィスタリア寮に戻れば部屋はヨルと相部屋で、所属IDはバリオン寮のものを持っているけれど、姉の元には行けない。校舎の灯りが消え、結局知っている場所しか行けなくて、メルの隠れ家がある温室の陰に隠れた。

しゃがみ込んだ先には真っ暗な森がある。バリオン寮の生徒は基本的に制限を受けないし、姉は、寮長とは名ばかりで何も管理していないので、消灯時間を過ぎたところで呼びにくる人もいない。

「……」

世界中からつまはじきにされたような気分だ。このまま朝まで野宿するしかないと覚悟していたら、ふいに後ろから声がした。

「ちょっと、邪魔なんだけど」

メルだ。

——この女……。

温室の周りにいないで……と言うメルを、ルカはしゃがんだまま睨み上げた。そもそも、この女が余計なことをしなければ、ヨルを騙せたかもしれないのだ。

「お前だって騙されてるくせに……気づいてないんだろ。おめでたい奴だな」

メルはアリシア・ドーンズだ。数日間、姉の後ろをつけ回して掴んだ情報だから間違いない。ヨルが親切ごかしにこの女に近づいているのは、ただ探偵仕事の成果になるからなのだ。

そんなことにも気づかず懐いているのだろうと嘲ったら、メルはふん、という顔で言い放つ。

「ヨルくんがおばあ様に頼まれて私を捜してた件？　そんなの知ってるわよ」

「……っ」

むしろ、「お前も仲間になったのか」というこちらの言葉に違和感を覚えて、自分からヨルに確認したらしい。

――だってあの時は、メルも探偵社の仲間になったから、それでヨルの味方をしたのかと思ったし。

自分が墓穴を掘ったのだと知って、ものすごく腹が立つ。

「その前から何かあるなとは思ってたわよ。でも、ヨルくんの親切はただの義務感じゃなかったもの。仕事以上に、ちゃんと私の気持ちを考えてくれてた。だから多少疑問があっても信じてたの」

ちょっと尋ねたら、ヨルはきちんと向き合ってすべて隠さず話してくれたという。

「黙っててごめんて、ちゃんと手をついて謝ってくれたわ。あなたと違って、ヨルくんは誠実よ」

――ふん。

でも、不貞腐れた自分に、メルは誠実な言葉をかけてくる。

「それでも、確かめるきっかけになったのはあなたの言葉なんだから、そこはちゃんと感謝するわよ。

ありがとう」

「……」

どう返していいかわからない。メルはしばらく黙ってから視線で示した。

「感謝のしるしとして、一泊くらいなら温室に泊めてあげてもいいわよ」

ただし、奥の部屋には入らないでねと言われる。気まずかったけれど、本当に足が疲れていたのでルカは従うことにした。

「……ありがとう」

相手が誠意ある対応をしてくれた以上、こちらも筋は通さなければいけない。きちんと礼を言って、ルカも猫入り口から温室に入った。


温室に入れてもらって、お茶とクッキーをもらった。アイシングされたカラフルなやつだ。部屋には入れてもらえなかったけれど、椅子は持ってきてくれる。

「ここなら大丈夫よ。監視は遮れるわ」

誰かが温室に近づいたらすぐわかるよう、鳩とモグラに見張りの魔法をかけているという。

――本当に見張られてたんだ……。

メルは監視の目から引き離すために、温室に招いてくれたのだ。

「遠くから行動を見てるだけみたいだから、たぶん盗聴はされてないと思う」

――そうなんだ……。

だから気づかなかったのかもしれない。でも、愉快な話ではない。

甘酸っぱいピンクと黄色のお茶は、桃とマンゴーの味なのに、しゅわしゅわとした綿あめのような食感で、お茶だと思って飲むとギャップにびっくりする。そのうえ後味はすっきりしていて、甘いクッキーを少しも邪魔しない。

「ちょっと気落ちしてる時にいいお茶なのよ」

「そういうドーピング要らないから」

「リラックス効果って言いなさいよ。人聞きの悪い」

「……」

いちいち小憎らしい奴だと思うけれど、ひとりで暗がりにしゃがみ込んでいるより、ずっと心がほっとした。誰かに招き入れられたというだけでも、涙腺がゆるんでくる自分が情けない。

「……私、ヨルくんの勧め通り、一度ログアウトすることにしたの」

祖母が毎日、ＶＳＳに入ったまま出てこない孫娘を見つめて心配している、と教えられたらしい。

「ヨルくんは、学校を辞める必要はないし、ここはただ遊ぶだけじゃなくて、ちゃんと本当の勉強もできるところだから、なんなら極めてみるのも悪くないと思う……って言ってくれたの。でも、おばあ様たちはそういう状況を知らないわけだから、一度戻って、どんな学校生活を送っているか、報告してあげたほうがいいって」

ただリアルの世界を拒絶して引きこもっているのではなく、場合によっては寮長たちのように仮想空間で社員として働くという未来もある。そういうことを話して、お互いにちゃんと納得したうえで再ログインしたら、今度は捜されることもないだろうと説得されたのだという。

「ヨルくんの言い分は、もっともだと思う。それに、今すぐログアウトしなくてもいいって言ってくれたし……。だから、もしあなたがログアウトする決心がつかなくて悩んでいるとかだったら、いつログアウトするか、一緒にタイミングを考えてもいいかなと思って」

「…………簡単に丸め込まれちゃって」

ぷい、と目を逸らしてカップでさざ波立つお茶を見つめる。

ヨルは確かに誠実な奴だと思う。説得を受け入れて行動を変えようとしているメルの潔さも本当はえらいと思っている。でも、素直にそれを賞賛するのが嫌だ。認めてしまったら、自分の負けっぷりだけが余計際立ってしまう。

八つ当たりだったのに、メルの声は穏やかだ。

「丸め込まれたわけじゃないわよ。わたしはヨルくんとたくさん話をして、自分でこの結論に辿り着いたの」

ちらりと目を上げると、メルはティーポットからお茶を注ぎ足してくれた。

「わたしが誰かに相談したかった……たまたま、そこにヨルくんが現れただけよ」

他人に話してなんになるのだろう……心の中で思ったことを読まれたのか、メルが言う。

「話したって解決はしないって思ったでしょ？　でも、誰かに話すと、心が楽になるのよ」

メルはこちらが話し出すのを待っている。彼女は自分に敵対宣言してきたくせに、自分が困っていることを察して手を差し伸べてくれる。

「……敵認定じゃなかったのかよ」

「全面対決するほどあなたのこと知らないもの。ヨルくんの邪魔をするなら戦う、という意味よ」

「……」

「お姉さんから逃げたいんでしょ？」

「…………でも、兄さんからも逃げたいんだ」

——……本当だ。

行き詰まった状況を暴露するのは情けなかったけれど、本音を口に出したら、喉のあたりにつかえていた重苦しい何かが取れた。

メルが黙って聞いていてくれて、ぎゅっと締めていた心のねじがゆるみ始める。

「リアルの世界に帰りたいけど、帰るところがない……」

誰にも言えなかった気持ちがぽろっと出て、ルカはぽとりと膝に涙を落とした。

「ルカ……」

心細くて、先行きが見えなくて怖い。

こんなはずじゃなかったという動揺を他人に悟られまいと、ずっと平気なふりをしてきた。

——だって、デナーロ家の後継者なら、こんなことでオタオタしちゃいけない……。

でも、本当は不安でいっぱいだった。姉のように部下を采配するような力量も権限もなく、何をどうやったらこの泥仕合から下りられるのかわからない。イキがって大人の仲間入りをしたがった自分が苦しくて、普通の高校生に戻りたくて仕方がなかった。

ぐずっと鼻をすする。頭上で、可憐《かれん》だけれどしっかりした声が励ましてくれた。

「わかった……じゃあ、うちにくるといいわ。ロサンゼルスよ」

「え……」

「うちは部屋があり余ってるし、おばあ様もママも、留学生のひとりくらい喜んで引き受けてくれるわ」

むしろ、引きこもり先で友だちができたのだと知ったら、喜んでくれると言う。

ログアウトしたらすぐアメリカにくればいいと彼女は笑った。

「……いいの？」

「もちろんよ」

「……あ、ありがとう…………」

「そうと決まったら動かなきゃ。安全にログアウトできる状況を作りましょう」

つけられている尾行を利用して、逆にエレオノーラを出し抜くという。

「監視に聞こえるところで、私が一芝居打つわ。ちょっと情けない役どころなんだけど、〝正体がバレて脅されちゃった伝言係〟をやってもらいたいの。ヨルくんの作戦を実行するには、お姉さんに交換条件を伝える役の人が必要なのよ。どう？」

姉を一時的にこの世界から排除することが最終目的だ。嬉しい役ではないけれど、命令されてやるより、承諾するかどうかの選択肢をもらえただけマシだと思う。

「うん」

「大丈夫よ、うまくいかなかったら必ず私が助けるわ。私たち、この作戦では仲間なんだから」

――仲間……。

とんがり帽子の小さな魔女が、力強く微笑んでいる。

――ぼく、メルに悪態ばっかりついてたのに……。

全然利害関係がないのに、知り合ったばかりなのに、なぜ助けてくれるんだろう。

「ありがとう……頑張るよ」

羨ましいと思ったヨルたちの仲間認定をしてもらえて、ルカはなんだか泣きたくなった。

20. 由上

由上はバリオン寮の一室にいた。湖に面した窓も大理石の床もゴシック調の家具類も、他の部屋と変わらないが、ドアはロックされていて外には常に二交替で見張りがおり、窓には薔薇を模った鉄格子が嵌め込まれている。由上は、部屋にある魔法書をひも解いていた。

一撃で仕留める方法を探さなければならない。接近戦で体術を使うなら勝機はあるが、おそらくこのままではエレオノーラに近づけるチャンスはないだろう。ならば、魔術でどうにかするしかない。

――殺伐とした使い方だな。

生徒たちが楽しく魔法を学ぶ世界で、自分だけが人を傷つける方法を探している。だが、そもそもここは自分には似合わない世界だ。

――だが、服従したと見せかけて対決するとしても、何か名目がなければ、急に言い出すのは不審を買う。

ヨルが提案していた方法が最も理に適《かな》うというのはわかっている。だが、あの作戦を承諾してしまったら、ヨルを巻き込むことが避けられない。だから、使えない。

「……なんでこんな厄介な身内を持ったんだろうな」

本から目を上げ、思わず長いため息をこぼした。好きであの家系に生まれたわけではない。だが、こちらが縁を切ったつもりでも相手が離さない。どこまでも追いかけてくる問題なら、やはり自分で決着をつけるしかないのだ。

時刻は深夜だった。由上は窓の外で輝く月に目をやり、周囲を確認してからペンダントを取り出した。今なら、ヨルは眠っているはずだ。

――ヨル……。

自分から鏡で確認するのはだいたいこの時間だ。起きている間のヨルは、何かあってもきっと明るい笑顔を作ってこちらに心配をかけまいとするだろうし、鏡越しに筆談している時は周囲への警戒が薄くなって危険だ。生存確認なら、寝顔だけで充分できる。

――寝顔は嘘をつかないからな。

でも本音はただ、寝顔が見たいだけだ。

横浜の事務所で暮らしていた時は、いつでもヨルの寝顔を見ることができた。目覚める時はたいていヨルがこちらの身体に顔をくっつけて眠っていて、その体温や息遣いが自分を限りなく安心させてくれたのだ。

——……見られなくなるのか。

思い出されるのは、ゆるみ切った可愛い寝顔ばかりだった。時々、なんの夢を見ているのか楽しそうに微笑んでいたりして、ぎゅっと抱きつかれながら顔を擦りつけられると、なんとも言えない幸せな気持ちになった。

——ヨル……。

あの平穏な日々が懐かしくて恋しい。だが、もうあの世界には戻れないのだ。由上は苦悩に目を瞑った。

「意外と、諦めがつかないものなんだな……」

《なんでだよ……》

呆然としたヨルの顔を思い出して、少し苦い気持ちになる。

数時間前、毎日のように放課後語りかけてくるヨルの定時連絡がなかった。どうしたのだろうと意識してペンダントに目をやっていたら、夕食後と思われる時間に報告がきた。

捜していたアリシア・ドーンズの本人確認ができて、ログアウトにも同意が取れたという。

由上はヨルに、彼女を連れて先にログアウトするよう指示した。ヨルは、到底納得できないという顔で食い下がってきた。

——そうだろうな……。

ヨルの提案する〝グラビティ・ウオーでの奇襲〟案も保留にしてある。エレオノーラとどう決着するのかもわからないまま自分だけ現実世界に帰されるのだから、ヨルからすればどうして、という気持ちが強いだろう。

だが、今回の潜入目的はアリシアの捜索と説得だ。本人が見つかったのなら、まず親元に戻すのが最優先事項になる。

万が一にもクライアントから依頼された保護対象者に危険が及ぶようなことがあってはいけない。それに、本人のログアウトと同時にヨルにも元の世界に戻ってもらって、事務所に任務完了を報告してもらう必要がある。

――お前が無事に現実世界へ戻ってくれればいい。

アリシアの安全を名目にしたら、ヨルは唇を噛み締めながらも頷いた。この理由には逆らえないだろう。あとはなんらかの手段で設定ボタンのペンダントを交換すると伝え、最後は、目も合わせないままやり取りを終えている。

幸い、閉じ込められた部屋には魔法書でいっぱいの本棚があったから、魔法だけは順調に習得し続けている。うまく窓の外に鳥が飛んできてくれれば、使役魔法で操って、ペンダントを届けることができるだろう。

そうして、できるだけヨルの安全を確保してから、後顧《こうこ》の憂《うれ》いなく戦いたい。

――あまり、血生臭い決着のつけ方はしたくなかったが……。

だが、口頭で断っても駄目なのだから、あとは力ずくでやるしかない。ここは仮想空間だから、仮にエレオノーラの息の根を止めても本体は死なないだろう。荒っぽいやり方だが、一度データ上で殺してみせるしかないと思っている。

だがその警告も、どこまで効くかわからない。決着がつかなければ、今度は現実世界での対決になる。その時のために、由上はログアウトと同時に、ヨルを含めたこれまでの人間関係と縁を切るつもりだった。

——マクシミリアンの件も、決着させなければならないからな。

できるだけ法に触れたくはないが、相手の出方次第では非合法な手段にならざるを得ない。その時、ヨルを巻き添えにしたくなかった。

手を汚すのは自分だけでいい。だから、先にヨルと縁を切っておきたい。

「そういう覚悟が、足らなかったな……」

ヨルに告白した時は、元の世界に帰れる保証もなかったし、異世界でならヨルと生きられるような気がしていた。何よりも愛おしさを抑えきれなかった。

でも、戻ってきてからも、どこかでヨルと一緒に暮らしたまま兄弟との決着をつけられるような気がしていた。そんな気持ちが願望になり、読みの甘さを生んだのかもしれない。現実はこのザマだ。

——ヨルだけを危険から遠ざけるなんて、そんな都合のいい状態を作れるわけがない。

だから、彼との生活はここで終わらせるべきなのだ。

けれど、そう言い聞かせているのに、頭の中で夢を見るのをやめられない。

恋人と一緒に暮らしたのは、これが初めてだった。思った以上に楽しくて、毎日が幸せだった。

他愛ない毎日が、眩しい記憶になって襲ってくる。口の周りをパンくずだらけにして朝食を頬張るヨルも、歌いながら掃除機をかける姿も、いつまでも脳裏から消えてくれないのだ。

「……」

あの日々を本当に捨てられるのか。自分でも自信はない。でも、いくらヨルが警護の仕事に就いていたからといって、日常にまで緊張が続く生活は、負荷が大きすぎるだろう。

——できるできないではなく、終わらせなければいけないんだろうな。

そして、これはヨルに気づかれないようにやらなければならない。

——知ったら、お前は泣くだろう？

なるべくさりげなく、ヨルの元を去れたらいいと思っている。だから余計、このあと自分とエレオノーラの間に何が起きるかは、見せたくない。

由上は未練を振り払うようにもう一度小さく息を吐いた。

——今は、ヨルの安全確保だけを考えろ。

もう、ヨルの心の整理はついただろうか。せめて穏やかに眠れていてほしいと願いながら、鏡越しのヨルを覗くと、確かに目を瞑っていたけれど、額にお札のようなものが張りつけられている。

「なんだ……？」

まるでゾンビ映画に出てくるやつみたいだ。そこに抗議の文字が書いてある。

《オレ、バディなんじゃないの？》

驚いていると、むくっと額に紙をつけたままのヨルが起き上がった。起きていたのだ。

――誰かいるのか？

目を閉じていたら、こちらが鏡を確認したかどうか判断できないはずだ。そしてどうやら読みは正しかったらしく、誰かに手渡されたかのようにヨルの右手に次の紙が握られていて、額の紙と張り替えられる。

この〝鏡〟は基本的に本人の画像データしか映らないが、カチューシャやピン留めなど、皮膚か髪に接触しているデータは付属物として読み込む。ヨルは両腕に人を抱いて、頬をくっつけるようにして鏡に映り込ませた。

ちゃんと用意をしていたらしく、張り替えた紙にはそれぞれの名前が書かれている。右にいるピンク色の髪の少女がアリシアで、左がルカだ。そこからは、手に紙を持って顔のあたりで映し込ませた。

《エレオノーラの設定ボタンは、ジャケットの胸元についている剣の形をしたブローチです》

ヨルの筆跡ではない。

《ルカも仲間になったんだ》

いつの間に寝返ったのかは不明だが、ルカの顔が、力みが抜けて年相応になっているところを見ると、確かにアリシアたちのほうを選んだのかもしれない。

隣にいるアリシアが、紙芝居のように紙をぺらりと落として〝作戦〟を読ませた。前に説明された通りグラビティ・ウオーに参加することで重力枷を無効にし、奇襲作戦でエレオノーラを取り押さえる。そして、設定ボタンを奪って強制的にログアウトさせるというのだ。

《由上さんが腕を押さえて、ヨルくんがログアウトバーを触らせればできると思うの》

ボタンは本人が押さないと認証されない。ログアウトで決着がつくわけではないけれど、少なくとも仮想世界で囚《とら》われの身という現状の問題は解決すると力説する。最後の紙には、《無事に成功を見届けたら、私たち、ログアウトするから》と書かれていた。

――私〝たち〟？

ルカもログアウトするらしい。逆に言うとアリシアは、この作戦を実行するまでログアウトしないと宣言している。きっとこちらを説得するためだ。

《由上》

鏡の向こうは、懸命に呼びかけてくる。

頷くべきではない。でも承諾してしまいたい気持ちに駆られてしまう。

――いや、駄目だ。

もう、ヨルが自分にとって重要な人物であることは、デナーロ家に知られている。それでも、ヨルが直接対決することは、また違う意味を持つ。ヨル自身がデナーロ家の人間を攻撃したら、ヨルは一生彼らから狙われる。ヨルにそんな十字架を負わせたくない。

ヨルたちを説得する言い訳を書こうと紙に手を伸ばした時、ヨルの眉間に皺《しわ》が寄って、由上は思わず手を止めた。

声は届かないのに、ひとことずつ唇が動くたび、何を言っているのかがはっきりとわかる。

《オ、レ、た、ち、は、バ、デ、ィ、だ、ろ》

必死に叫んで伝えようとするヨルの顔が歪んで、両脇にいるアリシアとルカが驚いた顔でヨルを見つめていた。

「ヨル……」

綺麗な紅い瞳から、涙が頬へ伝っていく。

《オレ、役に立たないかもしれないけど》

文字にも書かれず、呟いただけのように見えたけれど、何を言いたいのか、痛いほど伝わってくる。

由上……と呼ぶヨルの声が脳裏に甦った。

《でもオレ、頑張るから……》

背中を預けた仕事中のヨル、無邪気に微笑むヨル、全幅の信頼と尊敬の眼差しを向けてくれるヨル……バディを組んでから今までの、たくさんの〝ヨル〟が脳裏に浮かぶ。そしてすべての記憶のヨルが「由上」と呼びかけている。

《ひとりだけで戦わないでよ》

声にならない言葉に、由上は自分の間違いに気づいた。

――そうか……。

ヨルの安全と、ヨルの幸せはイコールではないのだ。ヨルは、自分と一緒に生きることを望んでくれている。

それがヨルの望みで、それがヨルにとっての幸せなら、たとえ危険だとしても負担をかけてしまうとしても、その手を取るべきだ。

――バディなのだから。

〝一緒に戦おう〟というヨルの呼びかけに頷く。

「ああ……頼む」

自分たちは、お互い自分がどう鏡に映っているか見ることはできない。けれど由上は碧《あお》く輝くペンダントに唇をあてた。

鏡越しのキスが、ヨルに届くことを祈って。

21. グラビティ・ウオー

魔法対戦〝グラビティ・ウオー〟のトーナメントは、学校を挙げての一大行事だ。ウィスタリア寮一チーム、バリオン寮二チーム、モルフォ寮三チーム、エーテル寮四チームの、全十チームで戦う。

校舎の横に作られたローマ・コロッセオに似せた競技場には全校生徒が集まり、大歓声を上げて勝負の行方を見守っている。

寮長が指令役を務め、どうにか出場した〝レッツ・ウィスタリア〟は初戦で敗退し、残るチームはほとんど下馬評通りに勝ち進んで、ヨルのいる〝メタ・エーテル〟と、バリオン寮の本命〝アップ・バリオン〟が決勝戦で戦う。

「ヨルー！　頑張って！」

一階スタンド席から、ヤカン君がウィスタリア・カラーのフラッグを振ってくれている。あれから気まずくて話していない苺ちゃんたちも、ちゃんと応援席でポンポンを持って応援してくれていた。

「ありがとー！」

ヨルも手を振り返す。決勝戦のあとは祝賀パーティだから、ギャラリーの興奮も最高潮だ。自分も本気で闘志を燃やしている。作戦通り、ルカを通じてエレオノーラに〝この勝負に勝ったら由上を返してくれ〟と条件をつけているし、由上も同時に、負けたら配下に入ると約束してバリオン寮チームへの出場を交渉した。どちらが勝っても作戦に支障はないけれど、やるからには勝ちたい。

複数の寮の生徒で混成されたチームは、全員で円陣になって気合を入れる。

「アイテムで嵩《かさ》増ししたチームになんか、絶対に負けるな！」

「おー!!」

筋骨隆々の戦士みたいな指令役がさっと姿勢を正し、ジャケットの裾をなびかせて、大きな樫の枝に見える魔法の杖を振り上げる。ヨルも、球役だけが持つバリアボタンを両手に握り、シュッと半透明なオレンジ色の球になった。

「用意《スタンバイ》！」

声と同時に装置が操作され、選手が全員中空に上がる。兵士は自分の重力を調整できるが、どこにどう兵士を配置させるかは、指令役の采配次第だ。試合専用の重力通信機を装着して、杖ごと兵を動かしている。

「開始《スタート》！」

ブザー音が広いフィールドに鳴り響き、３Ｄで戦闘態勢を組んだ両チームから球が放たれる。ヨルは自軍の杖から繰り出されるパワーを受けながら、敵チームの選手の隙を縫うルートを見極めて飛ぶ。

——右横十五度……いい角度だ。

だが敵も瞬時にゴールを阻止しに移動する。その動きを読んで、最大限にカーブを調整するのが球役の腕の見せ所だった。スピードにも回転にも目が慣れてきた今は、だいぶ軌跡が読めるようになった。進行方向にいる敵から軌道を逸らしながら、仲間の兵士が追ってきやすい位置へと飛ぶ。

この競技は、兵士を駒として動かす指令と、与えられた位置で柔軟に攻撃・迎撃できる兵士、そして球筋を自在に変えられる球役……三者が一体となったチームワークが求められる。

——うちのチームは、息が合ってる。

手前みそだが、わりと連帯感のいいチームだと思う。互いを思いやれる人ばかりだし、マッスルタイプが多いのに、脳筋系がいない。対してバリオン寮の選手たちは、能力はすごく高そうなのに指令の采配が絶対なのか、自分からその位置を崩してまで攻撃してくる選手はあまりいないように見える。

——これ……勝てるんじゃないか？

自分がゴールのウィンカップに転がり落ちるたびに、コロッセオを揺るがすような歓声が沸いた。すでに点差は十二ポイントも開いている。チーム全体にも勝気のムードが満ちてきた時、審判のホイッスルが鳴って、バリオンの選手が交替になった。

「……？」

浮かんでいた選手のひとりが芝生に下り、代わりに別な選手がロングジャケットをなびかせて宙に躍り出る。

——きた！　由上だ！

選手リストに名前が出ていなかったから、本当に出られるのかすごく心配だったのだが、向こうは隠し玉として用意していたようだ。由上が出場できたことに、心が躍る。

空で逆巻く鋼色の髪。眼鏡の奥の強くて冷静な眼。一部の隙もなく身を包んだ黒い制服。手にした杖は、漆黒の槍《やり》のように見えた。観客席も、久しく見なかった由上の登場に、知っている生徒は歓喜の声を上げている。バリオン寮のチームに顕《あらわ》れたことも驚きの一つだろう。声援と期待でスタンドは大盛り上がりだ。

――めちゃくちゃ強そうじゃん。

もちろん、この作戦の目的はバリオン寮長エレオノーラへの奇襲だ。でも、彼女を油断させるために、試合が最高潮になるまで本気で戦うことになっている。

由上とゲーム上で真剣にやりあえることに、ワクワク感が止まらない。ヨルは振り返ってチームメイトに檄《げき》を飛ばした。

「敵が最終兵器を出してきた！　全力で戦おうぜ！」

「お、おう！」

事前に、バリオン寮のリストに覆面選手が登録されるかもしれないと報《しら》せてある。由上だとは言っていないが、選手たちも〝手強《てごわ》いのがきた〟と緊張を漲《みなぎ》らせている。

「開始！」

再びホイッスルが響き、試合が始まる。

「……っ…！」

始まったとたん、ヨルは躊躇いのない由上の攻撃に、防御バリアを崩さないようにするので精いっぱいになった。

――……よ、容赦ねーな。

わああ、という客席の声が空に響いた。仲間が打ち出したパワーで飛んだはずの自分は、真正面にいた由上の魔法陣で叩き返され、オウンゴールすれすれになった。確かにエレオノーラを欺くためにガチで勝負しようとは言ったが、なかなかの本気度だ。

ヨルが慌てて逆回転し、自爆を避けている間に、由上は自軍の球を青い円陣で強烈に叩く。ヨルのすぐ真横を、相手の球が通り過ぎた。

「え……」

――思ってたよりずっと速い………。

由上は捕らえられていた期間が長いから、そんなに練習できていないはずだ。でも圧倒的なパワーに、チームメイトたちも呆然としている。カラン……というカップに落ちた音で得点が示され、快進撃にスタンドが盛り上がった。

「エーテル！　動揺するな！　点差は充分ある！」

指令の励ましに、選手たちも声を揃えて応じる。だが次も、その次も自軍のゴールに球が叩き入れられた。わかっていても、強敵の動きにチーム内が動揺していく。

「う……わっ………」

ドン、とバリアが破れるんじゃないかというくらいの衝撃で由上から弾き返される。その一撃は他の選手と違って飛距離があり、目もくらむほど視界が白くスパークする。ヨルも必死で逆回転しようとしているけれど、飛ばされた勢いが強すぎて軌跡を変えられない。そのまま自ゴール側に持っていかれた。

「誰か！　拾ってくれ！」

「ヨル！」

叩き返してくれないと、オウンゴールしてしまう。叫ぶので精いっぱいだ。幸い、ゴール手間で選手のひとりが魔法陣を張り、弱々しくだが打ち返してくれた。

チームの指令がはっとしたように杖を握り直し、兵士に活を入れる。

「負けるな！　球が踏ん張ってるんだ、兵士が弱気でどうする！」

「はいッ！」

エーテル陣がざっと構え直した。ここで呑まれたら負けだ。同時に、由上の単独プレーだったバリオンチームも巻き返しの態勢に入った。

「行け！」

互いのチームの球が剛速球で飛ぶ。阻止を図る魔法陣が瞬間的にあちこちで広がり、コロッセオに花火みたいな青い光が上がった。

「左へ行け！　向こうの球がくるぞ！」

「ヨル！　上だ！　軌跡を上げろ！」

指令が上下左右に兵を動かし、兵自身も球を拾いに飛ぶ。ヨルも叫ばれる指示を聞き取りながら、必死にゴールのウィンカップを目指す。だが、何度も行く手を由上が阻んだ。彼の眼はまるで野生の獣のような鋭さだ。

――これが、お前の本当の姿なんだな……。

由上は、マフィアであるデナーロ家の血を引いている。理由はさまざまだろうけれど、今になっても奪い合いになるほどの存在だ。

容赦ない強さと、躊躇わない冷徹さ……もし由上がデナーロ家で育っていたら、間違いなく今みたいな姿になったと思う。

――あっちに引き取られなくて、よかったな。

恐ろしいほど魅力的だが、きっとこの由上だったら、自分とは一生付き合うことはなかった。どんな由上でも好きだけれど、でも自分は人間臭くて時々面倒臭そうに顔をしかめる由上のほうが好きだ。

「あ、そうだ……」

――忘れてた……バリオン寮長はどこだ？

必死に動きながら、ヨルはコロッセオを埋め尽くす観客の中からエレオノーラを探した。

寮ごとにフラッグカラーが分かれていて、ブラックの旗がなびくエリアの最上部に、桟敷席《さじきせき》がある。

半円型のバルコニー状に張り出しており、黒地に金の刺繍が施されたタペストリーが下がっていた。

中央のひじ掛けがついた椅子に青年貴族のような寮長の姿が見える。エレオノーラだ。その後ろには左右に一名ずつ護衛と思われるサングラス姿の生徒が立っていた。

――ぴっちりボディガードがついてる……隙がないな。

重力枷のボタンはエレオノーラが左手に持っている。もし、由上が反乱を起こしたら則時に重力係数を上げるつもりだろう。桟敷席に通じる二つの入り口にも部下が配備されており、ざっと見る限り、飛び込んだ瞬間でも魔法陣が届きそうな場所に、七人ほど部下がいる。

『魔法の島』で、銃器類に相当するアイテムはない。だがきっと、それぞれの杖は課金で最強機能つきにしているだろう。多少魔法が下手でも、オプションを山ほど搭載した魔法陣を繰り出されたら、跳ね返すのは至難の業《わざ》だ。その間にエレオノーラは退避してしまう。

——いつやる?

戦いながら由上に目で問う。剛速球を叩き出しながら、由上も目で〝待て〟と返してきた。

——わかった。

作戦は、重力枷を無効にできる間に実行しなければならない。つまり、由上が杖を貸与されている試合中だけしかチャンスはないのだ。だからヨルは由上からのサインを待ちながら、ひたすら試合に集中する。

——でも、すげー楽しい。

全力で試合をして、いつ奇襲をかけるか緊張しながら仮想の世界で由上と飛び回っている。きっと、こんな経験はもう二度とない。

「とおりゃあああ!」

審判の笛とゴールのブザー、点差を実況するアナウンサーの声に興奮する観衆のうねり……何も考えられないほど必死で攻防したけれど、残りの二分十秒でバリオンに四点を入れられ、メタ・エーテルは逆転負けした。わああという大歓声がコロッセオを揺るがす。

試合終了のホイッスルが鳴り、全員が芝生の上に下りた。どちらの選手も呼息が激しかったが、エーテルのメンバーは全員、肩で息をするほど消耗し切っている。

「負けたかぁ」

バリオンのチームが勝ったら、ヨルがエレオノーラに服従するという約束だ。両腿に手を突いてぜいぜい喘ぎながらちらりと様子を見ると、由上はフィールドから桟敷席を見上げていて、エレオノーラも席を立って見下ろしていた。

由上との賭けに負けたはずの、寮長の笑みが満足気だ。

勝った由上に、バディを人質として膝を折らせる……というシチュエーションを考えているからだろう。どうしても由上を手に入れたい彼女からすれば楽しくて仕方がないのだ。でも、その条件を信じて油断すれば、隙が生まれる。絶対、どこかにタイミングがあると思った。

審判の指示で両チームが向かい合わせに並び、互いの健闘を讃《たた》えて握手をする。そして両軍の寮長もフィールドまで下りてきて表彰され、勝利したチームに優勝盾が渡される段になった。

――寮長ひとり……！

青々とした芝生に、ロングジャケットを翻して左右からふたりの寮長が下りてくる。おつきの生徒はなしだ。由上が振り向き、ヨルもその一瞬に悟った。

――今だ！

この大観衆の前だ。エレオノーラもまさかここでコトを起こすとは思わないだろう。だが、逆にここなら客席からも遠すぎて、護衛たちも咄嗟には駆けつけられない。

どれだけの人が見ていようがかまわなかった。最大の罰則が強制退会《ログアウト》だ。

――罰則上等だよ！

ヨルは、由上と同時に駆け出した。

「君っ！」

審判が驚いて制止をかけた。だが由上がかまわず球型の魔法陣を張る。地面にお椀《わん》のような紫色の光が放たれ、由上とエレオノーラ、ヨルと巻き添えを食らった選手二名が取り込まれた。

「ヨル！」

「おう！」

エレオノーラは重力操作ボタンを押す。けれど由上の動作はまったく速度を下げない。焦った顔をした瞬間に、由上に手首を押さえられ、後ろに捻《ひね》り上げられてしまう。ヨルはすかさず彼女のジャケットの胸元からブローチ型の設定ボタンを外した。

「貴様……っ」

エレオノーラは身体を左右に振って設定ボタンの作動を拒もうとしている。ヨルは憎々し気な顔で睨むエレオノーラの設定ボタンを操作して、ログアウトの項目までスクロールする。残念ながら、起動は本人じゃなくてもできるし、決定操作は指紋認証ではないから、本人の身体であればどこに触れるだけでも作動するのだ。

「エレオノーラさん、まだ由上を諦めない気ですか？」

「……」

由上は怪我をさせないと言っていたけれど、動けないほどがっちりキメられているから、それなりに痛いとは思う。でもさすが女傑だ、まったく表情に出さない。

――やっぱり、この人は由上と血が繋がってるんだな。

甘いのかもしれないけれど、由上の兄弟たちと武力で傷つけ合うことはしたくない。

「狙いは日本進出なんでしょ？」

彼女が最も嫌いそうな方向で煽ってみる。

「だったら由上の力に頼るなんてダサいことしないで、自分の力だけでやったらいいんです」

「っ……わかったような口を！」

「わかってないのは貴女ですよ。自力で手に入れないと、一生、由上の実家に頭が上がらなくなります。思うままにやりたいなら、自分の力だけで殴り込みをかけたらいい」

これは本当だ。

日本の商習慣に従っている由上の実家と組んだら、簡単に市場に割り込んでいけるだろうけれど、その分日本式のやり方を強要される。特に世襲制の旧家なんて化石みたいな価値観だ。合議と根回しをしながら石橋を叩き割るような慎重さで動く市場開拓など、きっと彼女には向いていないと思う。

「忠告はしましたからね」

「っつ……」

宙に浮かび上がったスクリーンからログアウトを選ぶ。由上と頷き合い、ヨルは〝ログアウトしますか〟と確認してきた設定ボタンを、エレオノーラの拳にタッチさせた。

「！」

本当にテレビのスイッチをオフにするように、エレオノーラの姿が消える。

由上が魔法陣をスッと消すと、周囲は戸惑う観客と選手たちだけになった。フィールドまで駆け下りてきたサングラス姿の部下たちがヨルたちを取り囲んでいる。

「お嬢様っ！」

「貴様、お嬢様をどこへっ！」

「お前たちには話がある。ちょっとこっちへこい」

審判の先生も慌てている。

「君たちっ！　待ちたまえっ！」

制止する教師に、ヨルはしれっと答えた。

「はいはい、先生にも説明はしますよ。逃げませんから、とりあえず表彰式をやっといてください」

「君ッ！」

騒然とした競技場で、由上とヨルは悠々と出口へ向かって歩いた。

22.　舞踏会の夜

大食堂のさらに後ろにある大広間が、祝賀パーティの会場だった。

会場に続く回廊は、普段の制服を脱ぎ、華やいだドレスやスーツに身を包んだ生徒たちが楽しそうに笑い合いながら歩いている。

パーティはもう始まっていて、大広間からはたくさんの灯りが漏れて遠くから見ても綺麗だ。ヨルも由上も、普段の制服よりドレスアップした礼装に着替えている。

ヨルは、白いバンドカラーのシャツにタイ代わりの銀とダイヤでできたブローチを留め、丈が短くて燕尾服のように後ろだけ長い黒のジャケット姿だ。肩には、準優勝チームの選手に与えられた銀鎖が垂らされていて、パンツはセンタープレス、靴は艶やかなエナメルだ。

由上も、同じように燕尾服のような艶やかさのあるジャケットとパンツ姿で、シャツはバンドカラーではなく襟が高い。ジャケットと同色の黒いネクタイが、現実世界の由上を彷彿《ほうふつ》とさせて、まだ見た目は十八歳なのにすごく大人びて見えた。もちろん銀鎖は優勝チームのものなのでヨルより豪華だ。

「盛り上がってるね」

「ああ」

ふたりで顔を見合わせ、思わず笑みをこぼす。

心騒がせる音楽と花で飾られた入り口を抜けると、豪奢《ごうしゃ》な光と音が出迎えてくれる。

「あ、エーテルの選手よ」

「優勝チームの選手だ！」

「遅かったなヨル、心配してたんだぞ」

「すみません……」

次々と人が集まってきて、笑顔で祝福と労《ねぎら》いの言葉をかけてくれる。ヨルたちはチームメイトに取り囲まれた。予想通り、表彰式でのアレはなんだったのだと質問攻めになる。

「ちょっとした兄妹喧嘩だったんです。由上の妹さんがバリオン寮長で」

「なんだ由上、実はすごいセレブだったのか」

「別に、そんなんじゃないですよ。父の再婚で……」

——嘘ではないよな。

巻き添えでバリアの中に入ってしまった選手ふたりは意味深に笑っている。

先生たちにも、兄妹間で合意の上ログアウトさせたと説明してある。一般人なら処罰ものだが、特権階級が揃うバリオン寮の血縁者ともなれば、そう簡単に罰することはできない。エレオノーラの部下であるサングラス生徒たちも、揃って異母兄妹であることを証言したので、この件は不問とされた。

——部下の皆さんを脅したんだけどさ。

由上は、協力しないならこの顚末《てんまつ》を長兄や次兄にバラすと迫った。ルカの話だと、長兄には内緒で動いたことらしいし、由上を殺したがっている次兄を欺いているのだから、知られたくはないだろう。

由上は、部下たちはエレオノーラのいないところで勝手な判断はしないだろうと踏んでいて、そして本当にその読み通り、由上の言いなりになった。

現在、部下の大半はエレオノーラを追ってログアウトしている。再ログインしてくるとしても、初期設定からやり直しだから、半日以上はかかる。しばらくは安泰だ。

ひと通り質問に答えて納得してもらったら、由上はバリオン寮のチームメイトに、ヨルはエーテル寮のメンバーに分かれて、それぞれ乾杯を重ね、今日の健闘を讃え合う感じになった。

しゅわしゅわと泡が立ち上る淡い金色のドリンクを手に、選手全員が楽しそうに笑う。

「いやー、ホントにお前がいなかったら勝てなかったよ。ありがとな、ヨル」

「そんな……それに、勝ててないっていうか、優勝じゃなかったし」

けれど指令役のリーダーはヨルの肩を抱えるようにしてバンバン背中を叩いてくる。

「いや準優勝だって充分だ」

祝賀会のはじめのほうで、優秀選手の表彰があったらしい。メタ・エーテルの選手は全員特待生の資格を得たという。リーダーは本当に嬉しそうだ。

「これで無償で大学に行ける」

彼らはプロゲーマーを目指していた。特待生は、高額なログイン維持費を会社に肩代わりしてもらえる。そして〝大学〟で専門の訓練を受け、一年後にお披露目されるプロチームへの入団を目指すのだという。

「それにしても、なんで一年も先なんですかね……」

「来年、〝グラビティ・ウオー〟のeゲーム世界リーグが開幕になるからさ」

――世界リーグ……それが目的だったのか。

ヨルは目を見開く。この大掛かりな育成システムは、すべて世界リーグのためだったのだ。

VRスーツが普及して以来、eスポーツは「金の成る木」扱いだった。ボタンやスティック操作だけの対戦ではなく、全身を使った競技がどんどん増えている。

プレイをして楽しむ人口も急増したけれど、同時にプロ選手も競技大会も増えた。もう、既存のゲームで対戦型のものは、ほとんど何かしらのタイトル戦があると思っていいくらいだ。当然、この流れでもっと大きなビジネスを仕掛けたいという人々も現れる。見たこともない新しいゲームが、装備や武器などとワンセットで登場し、次々と話題をさらっていた。たぶん、グラビティ・ウオーもその一つなのだろう。

それにきっと、エーテル寮のような選手の育成だけではないはずだ。

——ビジネスモデルとしては、女児ヒーローアニメのアレと一緒なんだろうけどな。

新しいシーズンごとに衣装と魔法アイテムが新発売される。キラキラのスティックやらコンパクトやらがおもちゃメーカーから出るのだ。どんな魔法アイテムが好まれて、どんなデザインにしたらいいか、『魔法の島』はいいマーケティングフィールドになるだろう。

「大学の選抜チームは今のところ八チームあるらしいんだが、開幕までには十二チームにして、リーグ戦の体制を整える予定だそうだ」

「そんなに大勢いるんですか」

「そのくらいの規模じゃないと、盛り上がらないだろ?」

いきなり華々しくリーグ戦を実況し、強豪チームの活躍を見せることで注目を集め、かつ一気に話題を加速させようという計画らしかった。確かに、徐々に人気が高まってプロチームができて……なんてやっていると、時間がかかりすぎて他のeスポーツに埋もれてしまうだろう。

さらに高額賞金をぶら下げれば、憧れたユーザーたちがどんどん訓練のための施設を利用する。全部セットで用意しておけば、運営会社は大儲《おおもう》けだ。しかも、これは単独企業でやっているわけではなく、いくつもの会社が参画している超大型プロジェクトなのだという。

「スタートで覇権を握らないと意味がないからな。たいていの人はeスポーツのかけ持ちはしない。最初にのめり込んだ競技をやり続けるから、やっぱりトップに躍り出ないと勝てないんだ」

そのために、経営陣はサービス開始まで、多少のごり押しは仕方がないという姿勢らしい。

——なるほどね。だから長期ログインの話題がうやむやになってたのか。

一企業だけでないというなら、検索サービスや人工知能絡みの会社も噛んでいるのだろう。「子どもが長期ログインで戻ってこない」というネット上の話題も、さりげなく検索の海底《うなぞこ》に沈めておける。

やたらにセキュリティが高かったのも頷ける話だ。

エレオノーラをログアウトさせた時、その場にいた選手ふたりも笑って話に入ってくる。

「今は多少問題があっても揉み消すさ。世間に目を向けてもらいたくないんだから。まして金持ちの兄妹喧嘩なんて、当人同士でなんとかしておいてくれって思ってるよ」

「ははは……」

乾いた笑いしか出ない。だが、ありがたい限りだ。

「でも、ほっとしました。問題を起こした選手がいる……とかでチームが失格になったらどうしようって心配してたんで」

「やっぱりお前は真面目だな。でも、推薦には順位や成績なんか関係ないから問題ないんだぞ」

「え……だって、ウィスタリア寮の寮長は〝球の役は評価が上がって推薦が受けやすい〟って」

だから、推薦には高成績や高評価が重要なのだと思っていた。それでチームのメンバーも優勝を狙っていたのではないかと不思議に思ったら、リーダーが本当の選抜基準を教えてくれた。

「球の役が高評価だっていうのは、要するにあれをやれる生徒の身体感覚が高いからなんだ。だいたい、本当のグラビティ・ウオーで使う球は人工物だしな」

「え、じゃあオレなんのために球の訓練を一生懸命やったの⁉」

ヒドい話ではないかと憤慨する。でも、大学に入る前の訓練は、ポジションに関わらずすべて〝身体感覚がどのくらい伸びそうか〟を見極めるためのものでしかないという。

「そもそも生徒によっては課金アイテムも使えるんだから、魔法学校の成績なんて判断基準にはならないんだよ」

バリオン寮の生徒のほとんどは遊びでログインしているだけだ。仮に進学するとしても、学ぶのは経営やマーケティングで、つまり、頑張って身体能力を上げる必要がない。

「でも、アイテムで能力を上げた生徒がいると、特に身体能力の高いエーテル寮の生徒にとって、いい練習相手になる」

すべては、スカウトで入った生徒の能力を開花させるためだという。

「そこで身体感覚が鋭そうな生徒や、まだ未熟でも、伸びそうな可能性がある生徒は特待生に選抜されるんだ」

身体感覚がいつ拡張されるかは、個人差がある。

「初級、中級生あたりで兆候があればちゃんと伸びる。大学で数か月も訓練すれば、びっくりするほどレベルが上がるというのが定説だ」

ほら、と設定ボタンで空中ディスプレイを開き、大学チームの練習試合を見せてくれた。これは特待生の資格をもらった生徒に配信される入学ガイダンスらしく、他の選手も興味深々でプロモーション用のプレイ動画を見つめる。

「……すごい、ですね」

「だろ。俺もさっき待ちきれなくて、つい見てしまってな」

——オレたちがやっていたのとは、まったく違う。

そもそもユニフォームからして違うのだが、スピードや飛び上がり方、身体の回転から迎撃へ向かうタイミング……どれも桁違いな速さで、3Dであることを最大限に生かしている。それに、ひとりひとりの動作だけでなく、彼らから繰り出される魔法陣も別モノのように激しい。

「なんか……魔法陣自体もすごい光り方ですけど、全部光の尾を引いてますね……」

「この動きで、大学入学三か月後らしい」

特殊なアイテムが付与されるとか、そういうことではないらしい。単純に訓練の賜物《たまもの》なのだそうだ。

メタ・エーテルのリーダーは、感慨深そうに画面を見ながら呟いた。

「結局、人間の身体能力のポテンシャルは侮れないってことなんだな……」

リアルの生活ではまず意識することのない感覚を、デジタルの仮想ボディで拡張していく。

最初は杖やアイテムなどを媒介してでもいい。自転車の補助輪みたいなものだ。どんな形であれ、一度身体感覚が拡張できるようになると、脳は新たな器となったその身体に合わせて、どんどんその能力を伸長させていくという。

肉体を離れたデジタルの世界が誕生しなかったら、発現しない能力だった。逆に言えば、電子情報でできた身体を手に入れたことで、この能力が発見されたのだ。そう言われると、自分も試合中は剛速球で飛ばされていたのに、位置情報も針路も把握できるようになっていたなと気づく。

——リアルの肉体だったら、あの速度ではまず無理だよな。

脳の空間認識能力が、デジタルの肉体から送られてくる情報に合わせて上がったのだ。自分の身体が回転していたのに、処理速度が上がったから三次元的な位置を認識できていた。

——そうだよな。それに、そうじゃなきゃあの距離で飛びながら、エレオノーラの右手に握られてるボタンが見えるとか、ないもんな。

自分の感覚の拡張ぶりに、ヨルも今ごろ気づいて驚いた。

「もちろん、大学のメインはこのグラビティ・ウオーの選手育成だけど、ここの運営企業は周辺事業にも力を入れる気でいるからね。こういう〝デジタルの身体感覚〟は、これからもっと解析されていくと思うよ」

今は秘密にされている空間だけれど、一年後には華々しくネットの世界に降臨する。選手たちはその日のために、このあと一度もログアウトせずに訓練を続けるのだそうだ。

レンタルＶＳＳからログインしている選手たちの本体は、その間も、しょぼいカラオケ屋もどきのベースにある。

「でも賞レースで優勝すれば、賞金だけで専用ＶＳＳと専用部屋くらいは買えるからね」

頑張り甲斐《がい》がある……と笑う。チームの大半がスカウト組だから、他の生徒も同じように笑みを浮かべて張り切っていた。

ヨルは彼らに心からのエールを送った。一年後、彼らをネットのニュースで見る日が楽しみだ。

「あ……いた。ヨルくん！」

「メルちゃ……アリシア！」

ルカもいる。ふたりともドレスアップしていて、ルカは制服に赤い蝶ネクタイ、アリシアは大好きな魔法使いのフル装備に、魔法で大きくした杖を持っている。でも、黒いマントの下はピンク色のふわふわドレスだ。ギャップが可愛い。

ルカはまだ気まずそうな顔をするけれど、ちゃんとアリシアと協力してくれたから、自分もわだかまりはない。

——だって、まだこの子十七歳なんだもんな。

由上に実年齢を聞いて納得した。自分が高校生の頃なんて、相手が何歳か年上なだけでもずいぶん大人で遠い存在だった。〝世間〟なんてネットで知っているだけの遠い情報で、振り返ればてんで子どもだったのだ。そう思うと、むしろ強烈な姉だの兄だのを持って、この子は今後、大丈夫なのかと心配になる。

「ルカ、本当にログアウトして大丈夫か？」

一応、ルカだけしばらくここに残り、エレオノーラが再ログインしてきたタイミングで入れ替わりにログアウトすることになっている。でも、もしかすると再ログインせず、リアルの世界で待ち構えているかもしれない。ルカが無事に逃げ切れるのか心配で、自分だけ少しルカとここに残っていようかと思ったら、横からアリシアが言った。

「ルカのことは任せて、私に伝手《ツテ》があるの。万一の時は、ルカのＶＳＳごと保護するつもり」

アリシアの実家も、相当な富裕層だ。先にログアウトして、ルカが無事にアリシアの家にこられるよう手配するという。

「じゃあ、お任せするよ」

ヨルはふたりに微笑みかける。

「ちゃんと、悔いのないようにパーティを楽しんでね」

「うん」

アリシアは、励ますようにルカの手を握っていた。その手に促されて、ルカが口を開く。

「あの……ヨルさん」

「ん？」

「色々と、すみませんでした……あと、ありがとう」

「どういたしまして」

ちょっとばつが悪そうに言うルカが、双子の弟たちに似ている気がする。ヨルはくしゃっと頭を撫でた。そして、ルカのずっと後ろのほうで様子を窺っている女子の一団とヤカン君に気づく。

「苺ちゃん……」

「ぁ……」

尻込みする苺ちゃんに、ヤカン君が〝ほら、行きなよ〟と背中を押している。苺ちゃんは視線をあちこちに逸らしながら、他の女子たちと一緒に人垣を縫って近づいてきてくれた。

「あの……あ、じゅ、準優勝……おめでとう」

「ありがとう」

それぞれが華やかなドレスを着ていて、苺ちゃんが口火を切ると次々に祝福の言葉を投げかけてくれる。でも女子の目的は大学に進学する選手たちだったようで、あっという間に他の選手に近づき、花束を渡している。

苺ちゃんだけはヨルの前から動かない。すごく目を逸らしているけれど、でも苺ちゃんはちゃんと言いたかったみたいだ。

「あの……ホントに、ごめんね。なんか、私、ヨル君にひどいこと言って」

「ううん。気にしてないよ」

「でも……」

苺ちゃんに言われたあと、すぐクラブチームに入ってしまった。話す機会がないままで、苺ちゃんはずっと気にしていたらしい。逆に、自分のほうが苺ちゃんに申し訳ない気がしてしまうくらいだ。

「オレ、グラビティ・ウオーに夢中になっちゃって……だからあんまり、放課後の教室にいなかったんだけど、でももう苺ちゃんもすごい魔法上手になったんでしょ？」

進級すると聞いている。一足飛びに上級生になるのだ。ヨルは笑みで励ました。

「頑張ってね」

「ヨル君……」

アリシアを見つけたから、自分はもうこの学校を去る。でも、苺ちゃんが来年、配信インフルエンサーとして、この学校の魅力をたくさん伝えてくれるのを、楽しみにしている。

「……ありがとう」

ほっとした顔で、初めて見上げてくれた。そして苺ちゃんの目が由上を探し、気づいた由上がバリオンのチームメイトたちから離れて、こちらに近づいてきた。

――由上……。

シャンデリアの光を受けて、艶やかな黒い正装が眩しい。いつの間にか胸ポケットに女子たちからもらった花束の一部を挿していて、二輪の白い薔薇の花が綺麗だ。

苺ちゃんのためにきたのかと思ったのに、由上はすぐ前まできて優雅に礼を取る。

「一曲、お相手願えますか」

「あ……」

このうえなく紳士的に、由上はヨルの手を取った。

由上が近づきながらヨルの身体を抱き取り、胸ポケットにあった薔薇の一輪をヨルの胸ポケットへ挿す。ぽかんと見ている苺ちゃんたちにちらりと目をやるのを見て、ヨルは〝ああ、わざとやってくれてるんだな〟とぼんやり思った。

同時に、そんな風に周囲に対してマウントを取ってくれるのが嬉しくなる。

ちょうど曲が変わって、何人もの人がフロアへと躍り出た。ヨルも由上のリードでステップを踏みながら、会場の中央へ出て行く。そして呆気に取られて見送っている苺ちゃんへ、満面の笑顔で振り返って声を上げた。

「オレの〝彼氏〟なんだ！」

ええーっというくつかの声が遠くなって、色とりどりの花びらのように広がるドレスの脇を抜け、由上と踊った。

「嬉しそうだな」

由上の笑みに頬を染めて返してしまう。

「へへっ……」

人前で、由上を〝彼氏〟と言えるのが幸せだ。

――オレが辛かったのって、それだったもんな……。

苺ちゃんに、〝先生気取り〟と言われたことより、〝いや、由上はオレのものだから〟と言えなかったのが辛かったのだ。

優勝チームと準優勝チームの選手がペアで踊っていて、目立たないわけがない。フロア内で、ドレス姿の男女が思わず踊りながら場所を譲るほどの注目度だったけれど、それより先に由上が中央へ、中央へと踊り出て行く。

まるで、舞踏会の主役になった気分だ。

そして、別々だった日々を埋めるように、抱きしめて踊ってくれるのがものすごく幸せだ。

由上は軽やかにステップを踏みながら片手で身体を密着させ、もう片方の手で自在にヨルをリードしていた。

——すごいなあ……まるで浮かんで回ってるみたいだ。

「……由上、ダンスもできたんだな」

「嗜《たしな》み程度だ」

——いや、全然すごいって。

オーケストラの優雅なワルツに合わせて、遊園地のアトラクションみたいに心地よく身体が回転する。ヨルはリードに任せたままうっとりと由上を見つめた。

「これ……なんて曲？」

あまりクラシックには詳しくない。

「シュトラウスの『春《はる》の声《こえ》』だ。ワルツとしてはメジャーなやつだな」

「そうだね。オレでも聞いたことあるもん」

本当は曲名なんてどうでもいい。ただ、華麗な演奏ときらびやかなシャンデリアの光の中で由上と見つめ合って踊っているのが、頭がふわふわするほど幸せで、何かしゃべっていないと蕩けてしまいそうなだけだ。

周囲で円形に広がるいくつものドレスが、花模様みたいだ。由上が自分を抱えて大きくターンするたびに、両端のギャラリーからわあ、という桃色の声が上がる。

「目立っちゃうね」

「お前は俺のパートナーだと、宣言できてちょうどいい」

――わお……。

真顔で見つめられながら言われるとドキドキする。ターンの時にぐっと腰を引き寄せられて、大きくホールドされながら囁かれた。

「お前のおかげで解放された」

ありがとう、と言われるのがくすぐったい。

「由上なら、自力でなんとかできたかもしれないけどさ……でもオレが、何もできないバディでいるのが嫌で……」

「そんなことはない」

由上が低く言う。眼差しが優しくて、見つめられると未だに胸が甘く疼《うず》く。

「俺が何を言っても、エレオノーラは意志を変えなかった。だから本当は、お前がどう説得したところで効果はないだろうと思っていたんだが」

でも、どうやら思ったより彼女には刺さっていたらしい。由上がクスリと笑う。

「あいつから見ればお前は格下だからな。見くびっていた奴にど正論で指摘されて、プライドが傷ついたんだろう。あれはかなり恥だと感じている顔だった」

あれならしばらくは大人しくなるのではないか、と由上は予想している。

「……そうなのか」

どうやら〝ダサい〟という煽りはいい方向だったようだ。

お前の説得が効くとは思わなかった、と笑っている。由上に褒められたのは、少し照れる。

「お役に立てて、何よりだよ」

「ああ……ありがとう」

ダンスとしては優雅な仕草とは言えないだろうけれど、ぎゅっと由上の手を握って身体を預ける。

由上も、まるで寄りかかるのを促すように、握った手に力を込めてくれた。

——由上……。

由上に認められただけでも幸せなのに、さらにその声が詫びてきたので驚く。

「それと……辛い思いをさせて悪かった」

「え？」

思わず小首を傾げて見上げると、由上の眼差しは少し憂いを帯びていた。

「そのほうが安全だからと、お前を遠ざけてしまった」

思いやっているつもりで、お前の気持ちを考えていなかったと謝ってくれる。

「ううん……いいよ、そんなこと気にしなくて」

由上だって大変だったのだから……と物わかりのいい顔をして返したけれど、やっぱり我慢しきれなくて、少しだけ本音をこぼしてしまう。

「でも、ホントはちょっと……だいぶ……寂しかったんだけどね」

「ヨル……」

白状すると、それだけで寂しさが甦って涙目になる。

連絡はないし会えないし、自分は本当に辛かったのだが、由上は平気だったのだろうか。

――由上はさ、強いからさ……。

自分と違って、恋愛に振り回されたりはしないのだろうし、それどころではなかったのかもしれないけれど、でも、ほんの少しでも、自分のことを考えてくれる時間があったのではないかと思いたい。

「由上は？　ちょっとはオレに会いたかったりした？」

「ああ」

肯定してくれるだけで充分嬉しかったのだが、由上がターンに紛れてぐっと腰を引き寄せて囁いてくれる。

「会いたかった……」

――オレだけじゃなかったんだ……。

由上の声はどこか嚙み締めるような響きで、それがヨルを幸せにした。

胸の中が甘い気持ちでいっぱいになって、ヨルはくるくるとターンしながら、由上と指を絡ませた。

「最高の告白だよ」

「早く、あのオンボロ事務所に戻りたいね」

「ああ……」

弦楽器が高らかに曲を奏で上げ、大拍手でワルツが終わった。

祝賀の宴《うたげ》は深夜まで続いた。この日ばかりは無礼講で、各寮との行き来も自由だし、翌日は授業も休みだ。寮を跨いだ交流ができるので、あちらこちらでカップルが成立している。

それぞれふたりだけの世界を作った人たち、グループで盛り上がっているところや、豪快な宴会になっている一団もいるけれど、十二時の鐘が鳴ると、演奏はゆったりとエンディングを告げるものに変わった。

ヨルは由上とともに、会場の端にいたアリシアとルカのほうへ行く。杖を握った小さな魔法使いに、しゃがみ込んで話しかけた。

「心の準備はいい？」

「……うん」

ガラスの靴以外、かぼちゃの馬車の魔法も解けて、お城から帰る時間だ。アリシアも現実の世界へ戻るためにログアウトする。本人から〝パーティが終わるまで待って〟と言われていたのだ。

アリシアは、つぶらな瞳と可愛らしい声で、でもしっかりと頷く。

「……待ってくれて、ありがとうね」

夏休みや春休みがないこの魔法学校で、グラビティ・ウオーとその優勝祝賀パーティは、アメリカの高校で言うプロムのような役目を持っている。アリシアは、気持ちの区切りをつけるためにこの日を選んだのだ。

「楽しかった……」

「おばあ様たちとたくさん話をして、また復学すればいいよ」

「うん」

アリシアに自分たちが捜索のためにログインしたのだと告白した時、アリシアもまた、ずっと目を逸らしていた問題について話してくれた。

《心配をかけてるとは思ってたの……でも、一方でもう二度とリアルの世界には戻りたくないって思っていて》

ずっとこの世界にいればいい……そう思いながらも、親と祖母の顔が心の片隅にちらつく。答えが出なくて、なるべく考えないようにしていたらしい。

《でも、一生逃げ続けるなんてできない。それに、おばあ様に心労をかけて、もし倒れちゃったりしたら、私、すごく後悔すると思う》

ルカの身柄を引き受けたことも、いい追い風になったようだ。アリシアは杖の先に搭載した設定ボタンをなぞって、メニュースクリーンを出した。

ログアウトの項目をタップする。再度確認画面が出て、そこに触れる前にアリシアはルカを見た。

「四十八時間以内にリアルで連絡がなかったら、再ログインするから、そこで作戦を練りましょ」

エレオノーラがすぐに再ログインするとしたら、たぶん二十四時間以内に現れるだろう。二日様子を見るのはアリだと思う。

「……うん。ありがとう」

「待ってるね」

アリシアは手を振ってにこっと笑ったままログアウトした。

まるで、本当に魔法が解けて消えてしまったかのようだ。

「任務完了だな」

「あ……うん」

自分たちも、もうここから去らなければならない。でもヨルは、ひとり残されるルカがなんだか可哀想で、つい言ってしまった。

「アリシアの救出がうまくいかなかったら、オレたちが助けるから連絡しなよ」

言いながら、由上が複雑な顔をしたのはわかったし、自分でもデナーロ家の人間にこれを言うのはマズいかなと思ったけれど、でもやっぱり言わずにはいられない。

「〝望月探偵事務所〟で検索すれば、連絡取れるから」

「……うん」

そのままヨルたちはログアウト体勢に入り、ルカは本当に泣きそうな顔をしながら、手を振ってくれた。

23．帰還

帰ってきた横浜の事務所は、とても静かな夕暮れの中にあった。

人工的なガイド音声と保存液が排水される音がして、ＶＳＳの中が空になる。今回は介助してくれる人がいないので、フルフェイスのカバーを上げるところから自分でやらなければならない。でも潜っている期間が短かったせいか、ちょっと腕がだるいかなという程度だ。やはりスーツの内側から常に電気信号がきているから、二、三か月では筋肉量に影響しないらしい。

喉元にあるフィットボタンを解除し、フードカバーだけ後ろにずらして髪の毛をばさばさと振る。由上もほぼ同時にガラスケースを内側から開いて外に下りていた。

いきなり現実の世界に戻ってきて、見つめ合うだけで言葉がなかなか出てこない。つい一瞬前まで、一緒にいたのに、〝久しぶり〟とか〝お疲れ〟とか言うのも、なんだか変な感じだ。

「……あ、とりあえず……風呂入れよっか」

「そうだな……」

ウエットスーツみたいなVRスーツを着たまま、VSSブースの手前にあるバスルームに行って給湯のボタンを押した。こちらは気が抜けるほど前時代的な合成音で『オ湯張リヲシマス』と告げてくれる。

——今、何日なんだろう。

取っ手をクルクル回して開けるルーバー式の小窓から、外の様子を覗いてみる。空の半分は紺色で、まだにぎわいがある時間だということしかわからなかった。

「ほら、着替え」

「あ、ありがと」

いつの間にか、由上がバスタオルと着替えを一式、三階から持ってきてくれた。ベッドサイドの時計にある日付を見たら、一か月半経っていたそうだ。

「思ったより短かったんだね」

前回の『異世界転生』が年単位だったからそう言ったのだが、由上は小さく苦笑した。

「俺にとっては長かったかな」

「？」

すっと手を伸ばされて頬を撫でられ、その手が肩をなぞって抱きしめてくれる。けれどそれが、今までにない不思議な重みを伴っているようで、ヨルは戸惑った。

「会いたかった……」

――由上？

長い指が髪やうなじを撫で、肩のあたりに顔を埋められる。

ふたりで踊った時に言われた〝会いたかった〟とはまるで違う。現実の身体を確かめ、絞り出すような声音に、ヨルは今さらながらぞわりとした。

――本当はあの時、何があったんだ……？

由上は、バリオン寮に閉じ込められている間、ほとんど連絡をくれなかった。ペンダントを交換したのにめったに見てくれなかったし、そもそも、バリオン寮に行く時だって相談なしだった。

――いつも、そんなやり方しなかったのに……。

連絡、報告は仕事の基本だ。それに、普段の由上なら悪い心配ばかりする自分のために、むしろ積極的に進捗や状況を報せて、こちらを安心させようとしてくれるだろう。

――なのに、不自然なくらいあれこれ隠してたよな。

バディとして頼りないから当てにされないのかと悩んでいた。もしくは、由上の血縁者のトラブルだから、知られたくない何かがあるのかもしれないと思ってみたりもした。けれど、本当は口にできないほど深刻な状態だったのではないだろうか……。

——オレに言えない何かがあったんだ……。

ぎゅうぎゅうに抱きしめられて、少し息が苦しい。でもそれが由上の苦しかった離別の期間を表しているようで、ヨルも腰のあたりにどうにか手を伸ばして、ぎゅうっと抱きしめ返した。

「うん……長かったよね」

何があったのか、由上の重い抱擁の理由を知りたかったけれど、ヨルは由上の言葉をそのままなぞった。

話せることだったら、きっといつか由上が話してくれる。話せないことなら、無理に聞き出したりはしない。

「オレも、すごく……すごく会いたかったよ」

「ああ……」

何も説明されない抱擁は、だいぶ長いこと続いた。

静かで、微かな呼吸と肌から伝わる鼓動だけが時を刻む。

いつの間にか、夏の名残みたいな暑さは消えていて、ひんやりとした秋から冬へ向かう空気になっている。自分たちのいなかった時間の分だけ、季節は過ぎていたのだ。

「お風呂さ……一緒に入っちゃわない？」

「ああ、そうだな……」

順番を待つには肌寒い。バスルームは張られたお湯の分暖かくて、ふたりともスーツを脱ぎ捨て、アイボリーのタイルでできたバスルームに入る。

バスタブを給湯にしたままシャワーの栓を捻ると、狭い空間はもうもうとした湯気でいっぱいになって視界が霞《かす》んだ。

「わあ、あったかい」

湯気に光が反射して、バスルームはやわらかく明るい。由上の表情も、先刻の空気を吹っ切るように笑みに変わっていた。

シャワーヘッドをフックから外し、由上にお湯をかけてはしゃいでいたら、ヨルはふいに『魔法の島』での暮らしを思い返した。そういえば、寮のシャワータイムでは、ヤカン君たちとふざけっこしすぎて、よく寮監先生に怒られていたのだ。

――寄宿舎生活って、想像より面白かったし……。

自分が単純なのか、ついさっきまでは大変だったり寂しい想いをした記憶が強かったのに、だんだん辛さが薄れていく。あとに残るのは、楽しかった記憶ばかりだ。

ワクワクするような世界だった。自分の杖をもらえて、魔法が使えたのだ。

――なんだ……つまり、いい仕事だったのか。

復活した由上も、楽しそうに湯をかけ返してくる。

「お前もちゃんと頭を洗え」

「わっぷ……」

シャワーヘッドが取り上げられて、頭から細かなミスト水流をかけられる。由上は器用にシャンプーボトルを片手でプッシュし、髪を洗ってくれた。

「わー、気持ちイイ」

「おかゆいところはございませんか、お客様？」

「うーん、もうちょい耳の後ろかな。あ、ソコソコ」

由上も面白がってなり切ってくれている。こんなバカみたいなふざけ合いができるのが、本当に本当に嬉しい。

泡だらけの頭をすすいでもらって、丁寧にヘアパックまでしてもらったお返しに、シャワーヘッドをフックに戻してボディソープを取った。

「じゃあオレが身体洗ってあげるね」

由上が笑っている。

ポンプから出る泡を手で受け、大人しくされるがままになっていてくれる由上の肩に撫でつける。鎖骨から胸へ、腹へ、腰へ……泡だらけの手で黙って撫でていくと、いつの間にかはしゃいだ空気はしっとりと沈黙をまとって、世界は絹糸みたいなシャワーの音がやけに響くだけになった。

由上を抱くように背中側に腕を回して泡で包む。

「いい匂い……」

「お前からも、いい匂いがする」

シャンプーの香りを吸い込むように、鼻先を頭につけられる。名目をつけられたのはそこまでだった。

洗うはずの手が止まり、ただ抱きしめるだけになる。

「由上……」

「ん？」

少し鼻に抜けるような甘い疑問符。ヨルは泡だらけの胸に頬を寄せて小さく頭を振る。

「ううん。由上の〝ん？〟を聞きたかっただけ」

何気ない会話を、何気なくできることに心がじんわり満たされる。目を瞑って浸っていたら、抱きしめたまま由上が壁に背をつけて寄りかかり、ゆっくりとタイルの床に沈み込んだ。抱き寄せてくれる手に沿って、ヨルもその上に重なるように向かい合わせて座り込んでいく。

頭の真上からは湯が降り注いで、泡だらけの身体を優しく洗い流してくれていた。

――由上……。

首を抱くように腕を回し、唇を重ねた。唇で求め合って、顔を傾けて深く食《は》み、舌を絡ませ合って互いの吐息まで貪る。

「ん…………っ…」

肉厚な舌で擦り上げられると、脳まで蕩けそうな快感が広がる。由上の手が肩と尻を抱えていて、密着した腹の間には、ふたりの興奮が張り詰め始めていた。

「ぁ……よしがみ……ん……」

由上がヨルの尻を摑んで、揉みしだきながら腹のほうに押しつける。身体で擦り合わされたものは、由上の硬い肉茎に当たって、声が漏れるほど気持ちいい。

「ぁ、ぁ……そ、れ…………あぁ」

由上の肩のあたりで、あられもなく喘いだ。尻を強引に動かされて、ぐちゅぐちゅに雫《しずく》を垂らしているものが張り詰めすぎて痛い。

「ぁ、い…………いっちゃう……ぁ、ぁぁ」

「いいぞ、出せよ」

由上の、低く興奮した声が耳元でして、ヨルは耐えられなくてビクビクッと腰を震わせた。走り抜ける快感に、由上の身体にしがみついてしまう。

「は……ぅ……」

心臓がバクバクしている。気持ちよくて頭がぼうっとするほどなのに、まだ腹の奥のほうがウズウズしている。

何を欲しがっているかわかっている。由上のそれを求めて、ヨルは由上の胸に寄りかかりながら腰を浮かせるように上体を上にずらす。

「由上……」

見上げる由上の唇がセクシーだ。興奮を抑えて低く吐く息も、情欲をはっきり見せる眼も、何もかも自分をゾクゾクさせる。まだ呼吸の整わない息で、気づいたらねだっていた。

「挿《い》れて…………由上の、すごい欲しい」

「ヨル……」

腹に当たる由上のそれが、ぐっと硬さを増した気がする。そして腰を摑まれて、さらにもう少し持ち上げられた。跨った双丘の間に、反り返った陰茎が宛がわれる。

「挿れられるか？」

「うん…」

由上が腰を持って待ってくれている間に、受け入れやすい角度にちょっとだけ調整して、自分でゆっくり腰を進めてみる。ぐりっと内襞《うちひだ》を掻き分けられると、腰全体にじゅわっと甘い痺《しび》れが広がって、抑えても声が上がってしまう。

「あ……っ…ん」

由上の肩を摑み、体重を預けてそのままぐっと深く受け入れると、由上もこらえきれないように快感を漏らした。その熱い吐息に、背中がぞわぞわするほど感じてしまう。ふたりとも、ほとんど衝動的に互いに身体を揺すって喘ぎ合ってしまった。

「あ、あぁ………やば、い。ぁ……腰、とまんない」

由上が目を眇《すが》める。

「んっ……奥……もっと……ぁぁ」

ねだるほど、由上は深く奥まで抉《えぐ》ってくれる。脳天を突き抜けていく快感に、ヨルは我を忘れて嬌声を上げた。

「あ、んんっ、気持ちいい、っ、……ん」

「俺も……もたせられないかもしれない」

「い……よ、……中……だして……ぁ、んっ、あ、オレ…も、また出ちゃう」

込み上げる射精感に、腰をうねらせて身悶《みもだ》えた。由上はそれにこらえきれないような顔をしてシンクロする。身体の奥に熱い体液を注がれたけれど、それでもお互いにまだ求め足りない。

抜かないまま萎えないもので突き上げられ、自分も吐き出してもおさまらない興奮にもどかしく腰を揺らす。

気持ちよすぎて涙がこぼれた。体中の体液があふれているみたいで、快感に振り回されて切ない。

「よしがみぃ……あ、どう、どうしよう……オレ…おかしくなり、…なる…ぁっ」

どうしていいかわからなくて、由上の首に抱きついて助けを求める。由上はなだめるように涙を吸い上げ、頭を撫でてくれる。

「いい。おかしくなってくれ」

「ぁ、ぁ………」

腰を震わせ、咽《むせ》び泣くように由上の首に抱きついた。由上の熱い吐息が速まるのを感じる。

「もうちょっと、抱いていてもいいか？」

背中を抱きしめる腕の強さと、低く言う声にゾクゾクした。由上の目がまだ熱っぽい。

「リアルのお前を抱いているんだって、実感したいんだ」

戻ってきたばかりの時の、切羽詰まったような抱擁を思い返して、ヨルも由上の髪をくしゃくしゃに掻き混ぜる。

「うんっ……オレも、実感したい……ぁ、ぁ……んっ」

身体ごと上下に揺すられ、内襞が強く擦られる。頭の中を真っ白にスパークさせながら、ヨルは身も心も由上に預けて乱れた。

24．異世界探偵、増えました

モチから返事がきた。まずは、モチの身内経由でエレオノーラたちが絡んできたことを謝られてしまった。そういうところを誤魔化さないフェアさが、モチのいいところだと思う。詫びの意味も含めて、まず長期ログインの疲れを取るために休んでくれと言われた。

そんなわけで、報告も含めた社内ミーティングは一週間後だ。だいぶホワイトな職場だと思う。とはいえ身体のほうは特にダメージがないので、掃除だの溜まったメールの整理だのをしている。

ヨルは一階の事務所のフロアに掃除機をかけながら、由上に声をかけた。

「なあ、やっぱりさ、ベビーベッドとか必要なんじゃないかな」

井田家では無事に赤ちゃんが誕生した。育休を一年取れるから、小里の仕事復帰はだいぶ先だけれど、今度のミーティングはリモートではなく、顔見せも含めて赤ちゃんを連れてきてくれるという。

「ちょっと赤ちゃんを寝かせる時に、ソファじゃ危ないし」

おしめを替えたりするのに、専用のベビーベッドはあったほうがいいと思うのだ。由上も賛成してくれる。ヨルは掃除機を止めて腕組みしながら、あれこれ考えてみた。

「場所を取らないバウンサーでもいいと思うんだけど、柵がついたベビーベッドなら、後々摑まり立ちくらいまではベビーサークル代わりにできると思うし、小里さんは絶対家でじっとなんかしてないだろうし……」

「さすが、育児に詳しいな」

「下にいっぱいいたからね」

ちょろちょろ動き回る双子×2と妹だ。とにかく安全第一でベビーサークルの中にいてもらうことが少なくなかった。

——すぐ脱走術を会得しちゃうんだけどさ。

「ごはん食べたら、ちょっと見に行かない？」

「ああ」

この辺は商業施設が充実しているから、高級ベビー用品ブランドから西●屋まで、ぜんぶ歩いて行ける距離にある。由上の作ってくれたとろりチーズ目玉焼き載せトーストをたっぷり頰張ってから、ふたりで下見に出かけた。


ベビーベッドは結局通販で買った。木馬みたいなラクダの形をしたベビーベッドで、背中のふたこぶの間がベッドスペースになっている。場所を取るうえにベビーサークルにもならない贅沢《ぜいたく》仕様だが、中東《ちゅうとう》の置物みたいな色合いが可愛くて、ひとめぼれで取り寄せてしまった。

赤ちゃん用のダブルガーゼでできた小さな布団とドーナツ枕、適温がすぐ出てくる温水付ウオーターサーバーと電子レンジで消毒できる哺乳《ほにゅうびん》瓶用ケース……なんだか先走ってあれこれ揃えてしまった。

由上は呆れて笑っている。

「お前が子どもを産んだみたいだな」

「だってさ、まだそんなに月齢がいってないだろ？　小里さんがちゃんと持参してくるとは思うんだけど、なんかあったらどうしようって心配じゃん」

なんなら、使っているおむつのメーカーとかサイズとかも聞きだして用意しておきたいくらいだ。

バスタオルとガーゼタイプのハンドタオルを買い足そうと提案すると、噴き出した由上にソファに抱き寄せられる。

「わかった……安心できるまで何枚でも注文しとけ」

ソファテーブルに置いたパソコンを開きながら、お前が心配症だというのはよくわかったと、片手で頭を撫でられる。

「……オレ、大げさなのかな」

「弟妹を育てたことがあるからだろう？　リアリティがあるから思いつくんだ」

そう言ってもらえると、なんとなくほっとする。本当に、赤ちゃん時代の弟妹たちは想像もつかないアクシデントを引き起こしてばかりいた。突然吐いたり、勝手におむつを下ろしてフルチンで漏らして歩くとか、そんな思い出ばかりだ。だからつい不測の事態に備えようとするのかもしれない。

「でもやっぱり、ただの心配性なのかも……」

「……そう言えば、最近は俺のことでクヨクヨしなくなったな」

「へ？」

「前はよく言ってただろ〝重かったら言って〟とか」

言わなくなったと言われて、自分もはたと気づく。

――そういえばそうだ。

どうしてだろう。前のような不安がない。ヨルは自分の心境の変化を振り返ってみた。

「うーん……」

そもそも、心配だったのは自分が由上を好きすぎて、グイグイいってしまうのが重いのではないかと思ったからだ。でも、今も自分の行動はそう変わっていない。何かといえば由上にくっつきたがってベタベタしている。

――アレ？　じゃあなんで気にならなくなったんだ？

「ヨル……？」

「…………わかったかも」

「？」

ソファに正座するみたいに乗っかって、代わりにネットで注文してくれている由上のほうを向く。

「オレが心配してたのって、〝由上と温度差がアリすぎてドン引きされてないかな〟だったんだ」

由上はいつも平常心のようで、さりげなく気遣いしてくれて、ヨルの〝好き〟をうまく受け止めてくれていた。だから、自分ばかりが一方的に気持ちを押しつけているようで、相手の負担になるんじゃないかと怖かったのだ。

では今、なぜその不安が解消されたのかといえば、由上からの希求を感じるからだ。

「由上、帰ってきてからけっこうハグハグしてくれるじゃん？」

「？　前からしてなかったか？」

「いや、前のはオレの願望読んでくれてのハグだから」

――あ、違う。その前からだ……。

ヨルは思い当たって、思わずにやける。

「由上に〝会いたかった〟って言ってもらえたからだよ」

自分だけじゃない。由上も自分を好きでいてくれる……そう実感できるようになってからは、あの不安が消えたのだと説明している間、由上は驚いた顔をして黙っていた。

「……そうか」

なんだかひとりで納得している。なんだよ、とつついたらやっぱりハグしながら教えてくれた。

「前に、お前に〝重いか〟と聞かれていた時は、何がそんなにお前を不安にさせるんだろうと悩んでたんだ」

お前の心の中に、トラウマでもあるのかと考えていた……と告白される。

「問題はやっぱり俺のほうにあったんだな」

「由上……」

「どうも俺は、理性でセーブする癖があるらしい」

愛情はあっても、無意識に感情を理性で制御しようとしてしまうという。不安にさせて悪かったと謝りながら、由上は、頬をつけるように肩のあたりに頭をもたれさせて言う。

——ん？　……ハグっていうよりこっちか。

リアルの世界に戻ったあたりから、由上はけっこうこの仕草をするようになった気がする。

存在を確かめられているような、味わっているような、この仕草が好きだ。

「でも今回の件で、理詰めで割り切れるものじゃないと悟った……」

「今回の件？」

由上は答えてくれない。でも、しみじみと言う。

「覚悟したのに、理性なんて脆《もろ》いものなんだ……」

——エレオノーラとの対決のことかな……？

けれど、それでどんな理性を試されたのかが不明だ。

「でも、オレにとってはすごいありがたいよ」

希求ダダ漏れにしてもらったおかげで、不安だった昔のことをすっかり忘れるくらいになったのだから、と言うと由上はぽつりと呟いた。

「……俺といると、お前がリスクを被ることになる」

「へ？」

由上の声は、くっついた頬と耳のあたりから、骨伝導みたいに聞こえてくる。

「俺と関わらなければ、お前はエレオノーラにもルカにも狙われなかった」

リスクが上がるばかりだ……と呟かれて、ヨルは塔の上で再会した時やたらと〝お前は関わるな〟

と言われたのを思い出した。

——だからだったのか……。

由上は、自分のせいでヨルが危険な目に遭う……と思っていたから、関わるなと線を引いたり、自分だけで解決しようとしたりしていたのだ。

ヨルは、髪を掻き混ぜる由上の指を上から包んだ。

「オレにとっては、命を狙われる危険より、苺ちゃんに由上がロックオンされるんじゃないかっていう心配のほうが、よっぽどハラハラしたんだけど」

「……」

由上の指がぴたりと動きを止める。

きっと、由上にはわからないだろう。由上から見たらバカみたいなことかもしれないけれど、自分にとっては、命の危険より捨てられる危険のほうが、よっぽどダメージが大きいのだ。

くっつけていた頬を離して向き合う。

「そもそも、危険なことが苦手だったら警護の仕事なんか目指さなかったよ。スリルが好きってわけじゃないし、そりゃ平穏なほうがいいけど、だからってオレを遠ざけるのはナシだ」

「ヨル……」

「オレは、なんにも話してもらえなくて、全然バディ感なくて、危険がどうとかより、そっちのほうがよっぽど辛かったよ」

命を狙われるほうがまだマシだ。がしっと由上の両手を摑んで宣言する。

「オレ、腕を上げるために頑張るから」

兄弟対決の問題は解決したわけではない。このままで済むはずはないだろう。

「だから、次は絶対もっとオレを頼ってね」

もう内緒にしないでくれ、と言うと、由上は少し黙ってから頷いた。

「ああ……」

「絶対だよ」

「ああ」

「約束だからね」

ぷくっと膨れて念を押すと、由上は呆れたように苦笑した。でも、そうやっていつもの由上になってくれることが嬉しい。

「ああ、約束する」

「絶対、絶対だよ」

倒れ込むようにソファに押し倒し、ヨルは何度も念を押した。しつこい、と笑われたけれど、由上にはそんな風に笑っていてほしい。

もう、二度と由上をひとりにしたくない。


十一月のよく晴れた日に、すごく久しぶりの社内ミーティングが持たれた。モチはリモートで参加、井田と小里は事務所に出社しての会議だ。モチはもうミーティングチャンネルに入っている。

「そろそろくるかな」

「落ち着け。さっき駅に着いたとラインがきてる」

画面は見やすいようにプロジェクターで壁に投影されていて、由上はソファの前のテーブルに置いたパソコンで、インカメラの角度を調整している。

「僕も乳児ってけっこう可愛くて好きだけど、ヨル君はもう親バカの域だね」

ベビーベッドも映っているので、モチにまで笑われてしまった。でもいい、井田家のニューフェイスに会うのは本当に楽しみなのだから。

「あ、きた！」

事務所の扉につけたレトロなブザーが鳴る。ヨルはソファから飛び下りて勢いよくドアを開けた。

「いらっしゃー…………ぃ」

——アリシア……？

胸元まである茶褐色のロングヘアに、オシャレなシルバーの丸眼鏡をかけた理知的な顔立ちの女の子と、栗色の巻き毛に長い手足の超イケメン少年が並んで立っている。どっちも、ハーフモデルみたいな顔立ちだ。

どちらも写真と動画では見ていたけれど、実物を見るのは初めてだ。後ろから由上が声を上げる。

「ルカ……」

「アリシア、日本に行ってたのか」

カメラ越しに確認したモチの声も響く。

口をあんぐりと開けたままリアクションができずにいたら、ルカが小首を傾げてテヘっと笑う。

『きちゃった』

さっと背後に由上がきた。さりげない立ち位置だが、自分を充分庇えるポジションで、かつ、モチの視界を遮らないようにしている。

『なんの用だ』

『用って、ヨルさんがきていいって言ったから……』

『俺は言ってない。第一、無事にログアウトできたんだろう。もう助ける義理はないはずだ』

由上とルカはかなり早口のイタリア語で応酬している。だが、ヨルは自分がそれを聞き取れることに感動していた。どうやら、『異世界転生』に放り込まれていた三年弱は、無駄ではなかったらしい。

ルカはにこっと笑った。作った笑顔の時とは、ちょっと違う素直さがある。

『でもホームページにも〝困った時は望月探偵事務所へ〟って書いてあったし』

『それは仕事のキャッチコピーだろうが』

しかめ面の由上の顔を避け、ルカはひょこっとプロジェクター映像に向かって手を振る。

『ミスターモチ！　その節はありがとう！　恩返しにここで働くよ』

——なんだって？

ぎょっとして瞳全開だ。どうやら、アリシアの言っていた〝ツテ〟とはモチのことだったようだ。

ルカは無事にログアウトでき、特に厳しい追跡もされずイタリアを脱出できて、無事にアリシアの家まで辿り着けたそうだ。モチは〝僕は何も動いていないけどね〟と笑う。

――とはいえ、あの〝社内ミーティングまで休んでていいよ〟の間は、救出用に何かしてたのかもな。

なにがしか手助けはしたのかもしれないけれど、さすがに宿敵マクシミリアンの義弟をリアルに受け入れるのは難しいのではないかと思う。だがモチの返事より前に、隣にいたアリシアが口を開く。

「わたしも雇ってほしいの。無給のインターンでいいわ、学校もあるから」

「アリシア……」

アリシアがヨルのほうを向く。

――これが〝メルちゃん〟の実物か……。

確かに、アメリカ人と言われれば頷けるけれど、ブロンドというにはやや濃い髪色や黒味がかかった瞳で、東洋系と言えないこともない。バーバリー風のスカートと指先しか出ない紺のダッフルコートは、なんとなく日本の女子高生っぽい服装だが、洗練されていて〝サブカル系おしゃれ女子〟っぽく見える。

――これだと確かに、可愛い系のアバターに気後れするのもわかるよなあ。

リアルのアリシアは素敵だけれど、やっぱりベクトルが違う〝可愛い系〟は、ギャップがありすぎて照れが出てしまうのかもしれない。

「ヨルくん、実物はすごく大人だったのね」

「……オトナっていうか、まあ、だいぶ年上だね」

リアル年齢の顔を見られるのが、なんだかすごく恥ずかしかった。アバターを十八歳に〝盛った〟のはやりすぎだっただろうか。

「でも顔はそのまま……すごいね、アバターかと思ってたのに、素顔で勝負してたんだ」

──勝負っていうか……。

見上げてくるアリシアは流暢《りゅうちょう》な日本語で話してくる。日本人の祖母の影響かもしれないけれど、ネイティブ並みに上手だ。

「あちらの世界では、色々とありがとう」

「どういたしまして……あれからおばあ様とは話せた？」

「うん……喜んでもらえた」

楽しい学校生活、たくさん使えるようになった魔法の話、友だちのこと……ログアウトしたアリシアは、祖母や母にすべて話して聞かせたという。

「大切な友だちになったから、リアルに会いに行きたいって言って、許可をもらったの」

ふたりで話し合って来日したらしい。

「日本の学校に短期留学の手続きを取ったから、しばらく滞在するつもり。だから空いている時間で、ヨルくんのお手伝いをしたいの」

「え……」

黙っていると本好きの気難しそうなお嬢さんという印象だけれど、笑顔になると〝メルちゃん〟だった頃の面影がある。

「ダメ？」

――いや、ダメとかいいとかの問題ではなく……。

こちらも雇われの身だ。だいたい、そんなに従業員を増やせるほど仕事はない。困って後ろを振り向くと、〝モチ社長〟は画面の向こうで机に肘を突き、指を組んで面白そうに成り行きを見ていた。

「依頼人からアリシアの家出は聞いてたんだけど、まさかこうくるとはね……」

「家出じゃないです。ちゃんと了承を得ました」

デジタル・メディスンの研究に進みたいなら、それはやってもいいと言われたらしい。ただし、リアルの世界で大学を卒業しておくことが条件だ。

「おばあ様たちの言い分にも納得した。だから、とりあえず大学は現実の世界で行っておくつもり」

「そうか……なら、いいんだけど」

アリシアの表情は明るい。

「高校は卒業までの単位をもう持ってる。大学は入学するとしても来年の九月だし、それまでは時間があるから、おばあ様の故郷を見ておこうと思って」

滞在中の、短期インターンとして働きたいと改めてモチに言うと、オンライン越しの社長はルカとアリシアを交互に眺め、しばらく黙ってからルカにわかるように英語で答えた。

『いいだろう。当面、アリシアの仕事はルカ君の通訳だ。ルカ君については、多少信頼はあるにしても、やはりそれなりに尋問をさせてもらうよ。働いてもらうとしても、こちらの調査が充分済んでからだ。君はデナーロ家の人間で、我々は最大限に警戒しなければならない。その辺は理解してもらえるね？』

ルカも真剣な顔で頷く。

『はい。かまいません。雇ってもらえるまで待ちます』

キリッと背筋を伸ばして話す感じは、少年とはいえ、いっぱしの〝デナーロの男〟だ。でも、こちらを振り返る時は子どもっぽい顔に戻る。それもルカらしい表情だ。

『自分のなりたいものを探すことにしたんだ。兄さんや姉さんみたいになるのは向いてないってわかったから』

『……そうか』

『あっちの世界では、ほんとにごめんなさい』

『もういいよ』

ぺこりと頭を下げるルカに、ヨルはぽん、と頭を撫でた。きっとここで働くことになるんじゃないかと思う。

――大変な実家を背負ってるけどな。

デナーロの人間を引き入れることは、モチにとっても利のあることではないかと思う。ルカが完全な造反者だったらデナーロから狙われるだろうけれど、そのリスクはすでに由上を抱えている時点でもう背負っている。逆にもしデナーロ側がルカを家の一員として多少なりとも大事に思っているならば、人質を抱えたことになるからだ。

わいわいと楽しかったあの学校の思い出と重なって、なんだか心がウキウキしてしまう。

「あ……」

橋のたもとに人影が見えた。荷物がいっぱい乗ったベビーカーとそれを押している井田、赤ちゃんを抱っこした小里だ。手を振ってこちらへ曲がってくる。

「やまちゃーん！　あれ？　お客様？」

ヨルは、アルバイトの応募者だよー、と叫んで大きく手を振った。

「わあ、赤ちゃん？」

テンションを上げたアリシアには、「彼らはうちのスタッフなんだ」と教える。

「井田！　久しぶり！　そして赤ちゃんようこそ！」

言いながら、迎えに駆け出す。アリシアとルカもそれに続く。

『わお！　カワイイ！』

「久しぶりだなあ！」

「ふたりとも無事でよかったわ～」

「ごめん、出産の大事な時に……」

小里に抱っこされた赤ちゃんは、こんなににぎやかなのにびくともせず眠っている。大物感が漂っていて、思わずヨルは笑った。

「もうモチもチャンネルに入ってるよ。あと、赤ちゃん用のベビーベッド席も用意してあるから早くモチに見せてあげよう、と探偵事務所に向かって戻る。

入り口では由上が扉を開けて、微笑んで待っていてくれた。

あとがき

お読みいただいてありがとうございました。由上《よしがみ》&ヨルのコンビシリーズ二冊目です。シリーズ……なんていい響き（笑）。万年商業版は一巻だけという私に、このワードを使える日が来ようとは。担当様、本当にありがとうございます（大感謝）。

さて、今回は前作で積み残した部分の補完もあったので、VSSについてとか、ちょこちょこ技術的な話が入っておりますが、これもふんわりと片目を瞑ってお楽しみくださいませ。

そして、石田恵美《いしだめぐみ》先生には今回も美しいイラストを描いていただけて感激です。特に表紙の幸せそうなふたりにはきゅんきゅんさせていただきました。ありがとうございます。ヨル可愛い♥

（ここからネタバレです）魔法学校での組分けの際、オゴーニという炎の妖精が出てきますが、こちらは既刊『孤独《こどく》の鷹王《たかおう》と癒《いや》しの小鳥《ことり》』からの特別出張でございます。スラブ童話風のファンタジーなのでお好きな方はぜひお手に取ってみてください。

最後にまたかと言われそうですが、宣伝を載せさせてくださいませ。既刊の書籍の続編は、すべて電子版（Kindle Unlimited）またはAmazonのペーパーバックでお読みいただけます。

また、このシリーズでお目にかかれたら幸いです。

深月《みつき》拝

リンクスロマンスノベル
追っかけ異世界で魔法学校に行った件
～恋と陰謀、スパダリ彼氏は危機一髪～
2024年12月31日 第1刷発行

著者　深《み》月《つき》ハルカ
イラスト　石《いし》田《だ》恵美《めぐみ》
発行人　石原正康
発行元　株式会社 幻冬舎コミックス
〒151-0051 東京都渋谷区千駄ヶ谷4-9-7
電話03(5411)6431(編集)
発売元　株式会社 幻冬舎
〒151-0051 東京都渋谷区千駄ヶ谷4-9-7
電話03(5411)6222(営業)
振替 00120-8-767643
デザイン　フジイケイコ
印刷・製本所　株式会社 光邦

幻冬舎コミックスホームページ　https://www.gentosha-comics.net